grafit

Chemnitzer Str. 31, D-44139 Dortmund
Internet: http://www.grafit.de
E-Mail: info@grafit.de

Umschlagfoto: Jo.Sephine / photocase.com
Druck und Bindearbeiten: CPI – Clausen & Bosse, Leck
ISBN 978-3-89425-436-0
1. 2. 3. / 2016 15 14

Gabriella Wollenhaupt

Grappa sieht rosa

Kriminalroman

grafit

Die Autorin

Gabriella Wollenhaupt, Jahrgang 1952, arbeitet als Fernsehredakteurin in Dortmund. Ihre freche Polizeireporterin Maria Grappa hatte 1993 ihren ersten Auftritt. Mit *Grappa sieht rosa* stellt sie zum vierundzwanzigsten Mal ihre Schlagfertigkeit unter Beweis.

Zudem hat sich die Autorin gemeinsam mit ihrem Ehemann Friedemann Grenz mit *Blutiger Sommer* auf einen Ausflug in den Vormärz und mit *Schöner Schlaf* in die Kunstszene begeben.

www.gabriella-wollenhaupt.de

Die Personen

Schischi Baum .... hat das Glück gefunden
Jonas Beck ....ruht vollkommen in sich
Carsten »Bärchen« Biber.............................. macht seinen Job
Florin Demut............................... hat kein engelhaftes Wesen
Maria Grappa..wird nicht lesbisch
Tobias Großebohm .... mag russische Bären
Simon Harras.................................... hasst alles, was rosa ist
Kevin...möchte etwas lernen
Friedemann Kleist..................... springt über seinen Schatten
Kati Komba .... singt lustige Lieder
Felix Mohr ....bekommt seine Strafe
Gundi Mohr.. hat den Teufel im Leib
Wayne Pöppelbaum ....wundert sich nicht mehr
Ottmar Santana..muss viel ertragen
Sarah, Stella, Susi .... arbeiten gern am Strand
Jewgeni Schmattkow .... lässt sich austricksen
Anneliese Schmitz .... ändert ihre Backform
Berthold Schnack.................................bekommt Todesangst
Margarete Wurbel-Simonis.....................probt den Aufstand

Tadle nichts Menschliches. Alles ist gut, nur nicht überall, nur nicht immer, nur nicht für alle.

Novalis (1772–1801),
deutscher Dichter

Beim Militär verliehen sie mir einen Orden, weil ich zwei Männer tötete, und entließen mich, weil ich einen liebte.

Grabsteininschrift von Leonard Matlovich (1943–1988),
US-Soldat

Tod durch Ertrinken

Felix Mohr war nicht beliebt in der Stadt. Die Artikel und Kommentare, die er über politische und soziale Themen verfasste, enthielten immer einen Schuss Zynismus und Häme – gespickt mit Vorurteilen und Klischees. Besonders dann, wenn es gegen Ausländer, Frauen, Schwule und Arbeitslose ging. Seiner Meinung nach war jeder Mensch seines Glückes Schmied, und wenn es in seiner Esse nicht so richtig glühen wollte, war der Schmied eben dumm, feige, unfähig oder faul.

»Jetzt brauchen wir seine Schmierereien wenigstens nicht mehr zu lesen«, stellte ich fest, als ich von seinem plötzlichen Tod erfuhr.

»Schon richtig, aber so hätte er ja auch nicht sterben müssen«, wandte Wayne Pöppelbaum ein.

Wir befanden uns in der Kaffeeküche des *Bierstädter Tageblattes,* in der neuerdings eine moderne Kaffeemaschine und eine nagelneue Mikrowelle glänzten.

»Was weißt du denn?«, fragte ich und drückte den Knopf für den Milchkaffee. Die Maschine verhinderte die Antwort, denn das Mahlwerk zerkleinerte lautstark die Bohnen.

Als die Milch in den Becher floss, sagte Wayne: »Er ist ertrunken.«

»Wie das?«, fragte ich. »Er wurde doch in einer Wohnung gefunden – so stand es im Polizeibericht. Auf einem Bett. Oder lag er tot in der Wanne?«

Mein Lieblingsfotograf und Gefährte bei so mancher Recherche schnappte mir den Milchkaffee weg. »Danke, Grappa.«

Er schlürfte den Schaum. »Ich hab da was läuten hören.«

Läuten hören – das bedeutete, dass er sich in den Polizeifunk eingeklinkt oder seine Quellen bei den Ermittlungsbehörden angezapft hatte.

Ich betätigte die Maschine erneut und drückte auf die Espresso-Taste – das ging schneller.

»Der oder die Täter haben ihm eine Flüssigkeit mit einem Trichter in den Körper gefüllt, und zwar so viel, dass er ertrunken ist.«

»Das ist nicht gerade schön.« Mir wurde schummrig.

»Und: Die Wohnung, in der er lag, war nicht die, in der er gemeldet war.« Pöppelbaum schaute auf die Uhr. »Komm, Grappa! Wir müssen in die Konferenz.«

Ich nahm meine Tasse und folgte ihm.

Die Redaktionskonferenz gehörte zum morgendlichen Ritual eines jeden Arbeitstages. Dabei wurden die anliegenden Aufgaben verteilt und um die besten Themen gestritten. Die Kollegen sammelten Ideen und zogen kräftig über die her, die gerade nicht anwesend waren.

Obwohl es keine Sitzordnung gab, platzierten sich die Mitglieder der Boygroup des Chefredakteurs Berthold Schnack stets direkt in seiner Nähe. Ich hatte in meinem Berufsleben gelernt, den Feind im Auge zu behalten, und setzte mich ihm gegenüber, am liebsten mit dem Rücken zu einer Wand ohne Tür. Die Sekretärinnen Susi, Stella und Sarah wählten die vom Chef am weitesten entfernten Stühle, sodass Schnack sie nicht beobachten konnte, wenn sie bei inhaltlichen Diskussionen Blümchen malten oder mit dem Smartphone spielten.

Heute war ein guter Tag. Schnack war seit Tagen euphorisch, denn Bierstadt bereitete ein Großereignis vor und mein Chef war ins städtische Vorbereitungsgremium berufen worden. Bei dem Großereignis handelte es sich um eine Hochzeit, die internationale Aufmerksamkeit auf sich zog. Der russische Agrarminister Jewgeni Schmattkow hatte sich als schwul geoutet und war unmittelbar danach aus Moskau geflüchtet. Als Putin ihn aus der Regierung schmiss, war er schon jenseits der Grenze. Dass er ausgerechnet Bierstadt seine neue Wahlheimat nannte, lag am Objekt der Begierde des Russen. Das war zwanzig Jahre alt, hieß Tobias Großebohm und jobbte als Tierpfleger im Bierstädter Zoo.

Für Hochzeiten war ich nicht zuständig. Als Blaulicht-Reporterin des Tageblattes beschäftigte ich mich mit Mord, Totschlag, Amoklauf und Gewalttaten *en gros* und *en détail.* Sollte dieser Russe doch heiraten, wen er wollte.

Bei Berthold Schnack jedoch war das Thema ganz vorn auf die Prioritätenliste gerückt. Und auch das städtische Presseamt sah die Chance, Bierstadt als weltoffene und tolerante Metropole international bekannt zu machen.

»Ich werde heute mit der Vorberichterstattung zur Hochzeit beginnen«, kündigte Schnack an. »Die Homestorys des Paares, die Geschichte einer ungewöhnlichen Liebe, die von der Gesellschaft verächtlich gemacht und bekämpft wird.«

»Ungewöhnlich?«, fragte ich. »Ich dachte, Schwulsein sei inzwischen normaler als das Normale.«

»Nicht in Russland«, gab Schnack zurück. »Die Verfolgung von Homosexuellen in Russland hat ja eine traurige Tradition, die von Putin neuerdings wiederbelebt wird. Da müssen wir gegensteuern.«

»Aber jetzt ist dieser Schmattkow ja hier in unserer toleranten Republik«, stellte ich fest.

»Ja. Aber tolerant sind eben nur die westlichen Staaten. In manchen Ländern werden Schwule und Lesben immer noch gefoltert und getötet«, krähte Kollege Carsten ›Bärchen‹ Biber.

»Ist klar, Carsten.« Ich musste gähnen. »Auch wir lesen Zeitungen und tummeln uns bei *Facebook.*«

»Ich finde es bemerkenswert, dass sich unser Blatt neuerdings so für Schwule einsetzt«, mischte sich die Kulturredakteurin Margarete Wurbel-Simonis ein.

»Warum sollten wir das nicht tun?«, fragte Schnack.

»Weil Sie, Herr Kollege, uns ständig daran erinnern, dass das *Tageblatt* eine Familienzeitung mit christlicher Prägung ist. Und schwule Ehen entsprechen ja wohl kaum einem christlichen Weltbild.«

»Sie irren sich. Die Kirche hat sich inzwischen weiterentwickelt, Frau Dr. Wurbel-Simonis«, entgegnete Schnack mit hochrotem Kopf.

»Das sehe ich komplett anders«, widersprach Wurbel.

»Ich auch«, sprang ich ihr bei. »Die Aufarbeitung der Missbrauchsfälle in katholischen Kinderheimen kam nur auf Druck der Öffentlichkeit zustande.«

»Der neue Papst hat schon einiges zu homosexuellen Partnerschaften gesagt«, wandte Schnack ein. »Die Entwicklungen schreiten eben langsam voran. Unsere Zeitung jedenfalls wird diese Tendenz vollinhaltlich unterstützen.«

»Es wäre schön, wenn sich diese Toleranz unseres Blattes auch auf andere Gebiete erstrecken würde.« Wurbelchen legte ihren Köder aus.

»Und an was denken Sie konkret, Frau Kollegin?«, schnappte Schnack zu.

»Meine Serie über experimentelle Lichtkunst in der Region wurde von Ihnen abgelehnt, weil das Thema nicht massenkompatibel sei«, antwortete die Kulturredakteurin prompt.

»Ist es ja auch nicht.«

»Aber schwule Hochzeiten sind es, ja?«, schnippte sie.

Eins musste man Wurbelchen lassen: Sie kämpfte unermüdlich für ihre Themen, auch wenn sie sich regelmäßig verbale Ohrfeigen einfing.

»Ich will ja nur Toleranz auf allen Gebieten«, fuhr sie fort. »In dieser Redaktion bestimmt nur der Chef, was läuft. Und zwar völlig subjektiv! Und das alles nur, weil Sie selbst schwul sind, Herr Schnack. Normal ist das nicht!«

Wow, das war ein Frontalangriff!

Schnacks Gesichtsfarbe änderte sich, die Kollegen hielten vor Spannung den Atem an und sogar die drei Grazien aus dem Sekretariat waren plötzlich im Hier und Jetzt.

»Meine sexuelle Präferenz steht nicht zur Debatte«, entgegnete Schnack. »Mich interessieren allein die journalistischen Kriterien.«

Er hielt sich tapfer.

»Was ist schon normal?«, fragte ich. »Jeder soll im Bett machen, was er will, solange ich nicht zusehen oder mitmachen muss.«

»Diese Hochzeit ist ein gesellschaftlich relevantes Ereignis. Basta!«, beendete Schnack das Thema. »Hat sonst noch jemand etwas Substanzielles zur Unterhaltung beizutragen?«

»Wir haben einen Toten«, meldete ich mich. »Den Kollegen Felix Mohr. Die Polizei geht von Mord aus.«

»Ein Kollege?«, fragte Schnack. »Aus der Region?«

»Ja, er schrieb hauptsächlich Artikel in Online-Zeitungen über gesellschaftliche Belange.«

»Jetzt weiß ich, wen Sie meinen, Frau Kollegin. Aber sind das mehr als zwanzig Zeilen auf der Eins?«

»Ja. Der Mann ist auf besonders bestialische Weise getötet worden.«

Schnack ließ mich machen. Ich durchforstete zunächst Mohrs journalistisches Oeuvre. Das war mager, dafür aber eindeutig. Der Mann fühlte sich – freundlich ausgedrückt – einem konservativen Menschenbild verpflichtet. Er polemisierte gegen Schwule und Lesben, war fremdenfeindlich und auf eine merkwürdig altertümliche Art christlich.

Auf Kritik an seinen Sichtweisen reagierte er zynisch und aggressiv.

In einem Artikel kritisierte er die Entscheidung des Europäischen Gerichtshofes gegen den rumänischen Fußballverein *Steaua Bukarest*, der gegen die Anti-Diskriminierungs-Richtlinie der EU verstoßen hatte.

Der Besitzer des Vereins, ein nationalistischer Politiker namens Becali, hatte gesagt, dass er keine schwulen Spieler in dem Verein dulde, und war von dem Gericht gescholten worden.

In anderen Artikeln begrüßte Mohr die Äußerung des Chefs eines italienischen Pastakonzerns namens *Barilla*, der sich in einem Interview stark dagegen ausgesprochen hatte, mit Schwulen und Lesben für seine Soßen Werbung zu machen: *Wenn das den Homosexuellen nicht gefällt, dann sollen sie eben eine andere Pasta essen.* Mohr zeigte Verständnis für Russland, das die öffentliche Diskussion über Homosexualität unter Strafe gestellt hatte. Zum Schutz der Kinder.

Ich suchte im Netz nach seinem Foto und fand ein Porträtbild. Mohr war ein fülliger älterer Mann mit verschwommenen Gesichtszügen, kurzem grauen Haar und fliehendem Kinn.

Polizeilich gemeldet war er in einer Altbauwohnung im Bierstädter Kreuzviertel. Dort lebten Akademiker, Künstler, Studenten. Tolerantes Flair mit einem gewissen Anspruch. Eher kein Ort für einen Schreiberling, der aus seiner Abneigung gegen Minderheiten keinen Hehl machte und keine Provokation ausließ.

Wir mussten das Haus nicht lange suchen, denn vor dem Altbau mit Erkern und Stuckverzierungen parkten zwei Polizeiwagen.

»Schütteln wir die Nachbarn, Grappa«, schlug Pöppelbaum vor. »So, wie der geschrieben hat, konnten ihn bestimmt viele Leute total gut leiden.«

»Dann lass uns da anfangen.« Ich deutete auf eine Trinkhalle, die sich im Erdgeschoss des Nebenhauses befand. »Bessere Beobachter als Kioskbesitzer gibt es nicht.«

Leider ein Trugschluss, denn der Inhaber war ein Tamile mit nur rudimentären Deutschkenntnissen, doch er erkannte Mohr auf dem Foto, das ich ihm zeigte. Er erinnerte sich, dass Mohr ab und zu Zigaretten und Bier gekauft hatte.

Nebenan wurde die Haustür geöffnet und zwei Kriminalbeamte mit Kisten erschienen. Aktenordner, andere Papiere und ein Laptop. Die beiden Kripos erkannten uns und grüßten.

»Guten Tag, die Herren«, strahlte ich. »Wie läuft es denn so?«

»Prima. Den Rest erfahren Sie von der Pressestelle. Sie wissen das doch, Frau Grappa.«

»Ich vergesse es manchmal, wenn ich unsere Exekutive so emsig bei der Arbeit sehe.« Ich warf einen kurzen Blick auf Wayne, der schon fleißig knipste.

Die Beamten zuckten nicht, verstauten die Kisten im Auto und ließen den Motor an.

Wir warteten, bis die Polizei außer Sichtweite war, und gingen zu dem Haus. Prima, die Tür ließ sich aufdrücken.

»Dann mal los«, meinte ich und hoffte, dass Mohr nicht direkt unter dem Dach wohnte.

Wayne stapfte voran und hatte schnell einen Vorsprung. Treppensteigen war nicht mein Ding. Für einen winzigen Moment dachte ich daran, künftig Sport zu treiben, verwarf den Gedanken aber wieder.

Mohrs Wohnung lag in der dritten Etage und war amtlich versiegelt. In der Tür befand sich ein kleines Fenster mit einer halb heruntergerissenen Gardine. Ich schaute durch die Lücke und sah einen kahlen Flur, an dessen Ende sich eine Zimmertür befand. Das war nicht viel. Wayne fotografierte die Polizeibänder und knipste auch durchs Fenster.

»Dann lass uns mal die Runde machen«, meinte ich und klingelte direkt gegenüber.

Nach einer Weile öffnete ein mittelalter Mann mit Rastalocken. Er konnte noch nicht lange wach sein, das Sandmännchen schaute ihm noch aus den Augen. Aus der Wohnung zog Mief in den Flur.

»Ihr Nachbar ist ermordet worden«, begann ich. »Wie war er denn so?«

Der Rasta entblößte große Zähne und hustete gotterbärmlich. Finale Raucherlunge, dachte ich und wich zurück.

»Wer sind Sie denn überhaupt?«, keuchte er.

»Presse. *Tageblatt,* die freundliche Familienzeitung«, lächelte Wayne.

»Wir interessieren uns für den Mord an Ihrem Nachbarn«, wiederholte ich. »Wie war der Herr Mohr denn so?«

»Null Ahnung«, nuschelte der Nachbar. »Der war ja den ganzen Tach nich da, seitdem seine Frau die Biege gemacht hat.«

Frau? Wayne und ich sahen uns an. »Er war verheiratet?«

»Ja. Er nannte sie ›meine Frau‹.«

»Seit wann ist die Gattin denn weg?«, setzte ich nach.

»Seit Weihnachten.«

»Wissen Sie, wohin?«

»Bin ich die Auskunft?«

»Nein, nur ein freundlicher Nachbar.« Ich schaute auf das Namensschild unter der Klingel: *Ottmar Santana, Musiker.* Darunter ein weiteres Schild mit dem Namen *Krumbiegel.*

»Aha. Ein Künstler. Sind Sie mit Carlos Santana verwandt?«

»Santana ist mein Künstlername. Ist aber im Pass eingetragen. Ich bin das Saxofon bei *All inclusive.*«

»Und wer ist *Krumbiegel*?«, fragte ich.

»Das bin auch ich. Die Steuerbehörden und die Ämter mögen diesen Namen lieber.« Ottmar Krumbiegel gähnte mit offenem Mund.

»Verstehe.« Das Gespräch bewegte sich auf eine Sackgasse zu. Doch Wayne riss es raus.

»*All inclusive* ist eine tolle Band«, strahlte er. »Hattet ihr nicht neulich einen Gig im *Galgenstrick?*«

Der Rasta blühte auf. »Genau. Wollt ihr nicht reinkommen?«

Na also, ging doch.

Wir folgten Santana in ein großes Zimmer, dessen Einrichtung zu ihm passte. Antikmöbel kombiniert mit grellbunten Gartenstühlen aus Plastik, ein Riesenbett mit bestickten Kissen und überall leere Flaschen neben vollen Aschenbechern. Ich rümpfte die Nase.

»Ich lass mal Luft rein«, meinte Ottmar und riss ein Fenster auf. »So besser?«

Ich nickte.

»Setzt euch. Wollt ihr 'n Tee? Hab grad frischen da.«

»Klar.« Wir zogen zwei Hocker an den Tisch.

Er schob ab und ich schaute nach den Details der Bude. Auf dem Tisch lag eine Mappe. Ich öffnete sie: Kontoauszüge, Künstlerverträge, Rechnungen. An der Wand Fotos. Ottmar Santana und Band, Ottmar Santana in jungen Jahren ohne Rastas, der kleine Ottmar mit Mama und Schwester und noch ein Bild, das Santana als jungen Mann zeigte. An seiner Seite lächelte ein Junge in die Kamera.

Geschirr klapperte, er kehrte zurück. »Rotbusch«, sagte er und stellte drei chinesische Schälchen ab.

»Warum ist die Frau Mohr denn weg?«, fragte ich.

Santana ging zum Bett, nahm ein geblümtes Kissen, warf es auf den Boden und setzte sich darauf.

»Das war so. Ich geh abends aus dem Haus zum Konzert und komm im Morgengrauen wieder. Tagsüber schlafe ich – mit Ohrstöpseln. Ich sehe und kenne hier fast keinen. Deshalb kann ich auch nicht viel sagen.«

Er nahm einen Schluck Tee.

»Und sonst?« Seine Langsamkeit machte mich ungeduldig.

Santana setzte erst mal die Tasse ab. »Also. Kurz vor Weihnachten kam ich gegen drei Uhr morgens nach Hause. Ich war ziemlich abgefüllt und hatte auch das eine oder andere Tütchen gequalmt. Da saß sie vor der Tür.«

»Wer? Frau Mohr?«

»Ja. Er hatte sie ausgesperrt. Und sie wusste nicht, wohin. Sie lehnte im Türrahmen und war völlig verfroren. Ich ballerte an Mohrs Tür, doch nix. Dann hab ich die Gundi reingelassen.«

Gundi, notierte ich im Geiste. »Und weiter?«

»Das Bett ist ja groß genug«, antwortete Santana. »Sie hat da gepennt, und das war's.«

»Hat sie nicht erzählt, was vorgefallen war?«

»Streit mit ihrem Mann. Ich hab ihr noch Frühstück gemacht und sie ist wieder rüber. Ich bin in der Tür stehen geblieben, um zu gucken, wie er drauf war. Aber es war alles okay. Er bedankte sich und redete sich irgendwie raus, dass so was ja in allen Ehen vorkäme, und so 'n Schrott.«

»Hast du Frau Mohr später noch mal gesprochen?«

»Nee. Bloß kurz gesehen. Sie saß neben ihm im Auto. Wie gesagt, das war kurz vor Weihnachten. Seither ist sie nicht mehr aufgetaucht.«

Fünf Monate, dachte ich. Wir mussten Gundi Mohr finden.

»Fällt dir sonst noch was ein?«

Ottmar Santana erhob sich, ging zu einem Bücherregal und griff nach einer Blechdose. Er stellte sie direkt vor mich. »Guck da mal rein.«

Ich öffnete die Büchse. Sie enthielt einen Schlüssel, der mit einem Plastikanhänger versehen war. Auf dem Schild war klar und deutlich ein Name zu lesen: *Mohr.*

»Woher hast du den?«

»Den fand ich nach Weihnachten in meinem Briefkasten. So, wie er da liegt.«

»Was bedeutet das?«, sinnierte ich.

»Ich hab keinen Schimmer«, antwortete Santana. »Vielleicht hat sich die Frau im Briefkasten geirrt, als sie abgehauen ist. Unsere Briefkästen liegen direkt nebeneinander. Was soll ich mit dem Schlüssel anfangen?«

»Hast du das alles auch der Polizei erzählt?«

Ottmar Santana schüttelte den Kopf. »Warum sollte ich? Den Bullen geh ich lieber aus dem Weg. Die machen verdammt schlechtes Karma.«

»Aber der Schlüssel könnte eine wichtige Rolle spielen.«

Santana krabbelte in seinen Locken. »Bin ich der Diener der Polizei?«

»Und warum erzählst du es uns?«, fragte Wayne.

»Weil wir so nette Menschen sind«, beantwortete ich die Frage. »Danke jedenfalls. Ich werde dir die Bullen, soweit möglich, auch in Zukunft vom Hals halten. Und den Schlüssel nehme ich mit.«

Santana widersprach nicht. Als die Tür hinter uns ins Schloss gefallen war, blieb ich stehen und starrte die Wohnungstür gegenüber an.

»Lass es, Grappa!«, sagte Wayne.

»Warum denn?«

»Wir machen uns strafbar, und das weiß du auch.«

»Ich will ja nur probieren, ob der Schlüssel passt«, behauptete ich.

»Ja, klar.«

Vorsichtig versuchte ich, den Schlüssel ins Schloss zu stecken. Doch Fehlanzeige, nicht einen Millimeter schob sich das Teil in die Öffnung.

»Mist!«, entfuhr es mir. »Es wäre ja auch zu schön gewesen.«

Wir klingelten noch an anderen Wohnungstüren, doch angeblich kannte niemand Mohr und seine Frau näher.

»Lass uns in den Keller gehen«, schlug ich vor. »Vielleicht finden wir da den Raum zum Schlüssel.«

Aber auch dort hatten wir keinen Erfolg. Die Kellertüren waren mit einfachen Vorhängeschlössern gesichert. Der Schlüssel passte zu keinem.

»Wir müssen Mohrs Frau finden«, meinte ich, als wir im Auto saßen.

»Das kann ja nicht so schwer sein«, glaubte Wayne und tippte auf seinem Smartphone herum, um Sekunden später festzustellen: »Eine Gundi gibt es nicht.«

»Versuch es mal mit Gundula«, riet ich.

»Da find ich auch nichts«, resignierte er frustriert.

Schwedentrunk – reloaded

In der Redaktion erwarteten mich die Pressemitteilung von Polizei und Staatsanwaltschaft sowie Schnacks Notiz, dass er mir vierzig Zeilen zugeteilt hatte.

Die Polizei gab das Obduktionsergebnis bekannt. Mohr war tatsächlich ertrunken oder noch schlimmer: Seine inneren Organe waren durch den Druck der Flüssigkeit, die man ihm eingeflößt hatte, geplatzt. Aus welchen Bestandteilen sich die Flüssigkeit zusammensetzte, wurde noch nicht verraten, die Untersuchungen dauerten an, so hieß es.

Ich kannte diese Todesart aus dem Geschichtsunterricht als *Schwedentrunk.* Im Dreißigjährigen Krieg hatten schwedische Soldaten ihre Feinde mit dieser Methode gefoltert. Große Mengen Jauche oder Urin wurden über einen Eimer oder Trichter in den Mund eingeführt. Neben dem Ekel entstanden starke Magen- und Bauchschmerzen und Erstickungsängste. Oft bekamen die Gequälten eine Lungenentzündung, die schließlich zum Tod führte.

Solche Details konnte ich unseren Lesern nicht zumuten.

Die Ermittlungsbehörden suchen Zeugen, die den Geschädigten kurz vor der Tat gesehen haben oder Angaben zu den möglichen Tätern oder Motiven machen können,

las ich weiter.

Die Polizei tappte also noch im Dunkeln oder tat zumindest so. Denn noch etwas war bekannt: In Mohrs Blut waren Rückstände von Amylnitrit gefunden worden, eine Droge, die die sexuelle Lust steigern sollte.

Ich schaute auf die Uhr – und begann in die Tasten zu hauen.

GRAUSAMER TOD EINES JOURNALISTEN

titelte ich.

Er hatte eine spitze Feder und nicht allen gefielen seine Artikel: Felix M. (49), freier Journalist, wurde tot in einer Wohnung gefunden, die offensichtlich nicht seine eigene war – gefoltert und ermordet. Die Hintergründe sind noch unklar – auch, wie Felix M. in die Wohnung gelangt ist. Recherchierte er eine Geschichte? Ist er in eine Falle gelockt worden? Hat er sich mit den falschen Leuten angelegt?

Nachforschungen unserer Zeitung im Umfeld des Toten ergaben, dass Felix M. vor fünf Monaten von seiner Frau verlassen wurde und seitdem allein lebte. Er galt als menschenscheu und ungesellig.

Die Polizei sucht Zeugen, die den Journalisten in den letzten Wochen gesehen oder gesprochen haben und Angaben zu den Hintergründen der Tat machen können.

Ich gab noch einen kurzen Überblick über die Themen, zu denen Felix Mohr zuletzt veröffentlicht hatte – und sie gereichten ihm nicht zur Ehre. Er hatte wöchentlich mehrmals für die Online-Zeitung *Zechenkönige* Kommentare und sogenannte *Zwischenrufe* verfasst und sich dabei seinen Lieblingsthemen Schwulenhass, Frauenverachtung und Ausländerfeindlichkeit gewidmet. Seine Rechtschreib- und Grammatikkenntnisse wiesen – erst recht für einen Journalisten – übelste Defizite auf: Er benutzte *seid* und *seit* falsch, verwechselte *dass* und *das* und wusste nicht, wann es *als* hieß und nicht *wie.* All das war natürlich immer noch keine

Rechtfertigung für seinen gewaltsamen Tod, aber ein Zwangskurs *Deutsche Sprache* hätte ihm gutgetan.

Mohrs Porträt, Pöppelbaums Fotos vom Haus, davor der Polizeiwagen und schließlich der Schuss durch das Türfenster machten den Artikel komplett.

Schnack segnete die Sache ab und ich packte meine Tasche. Auf dem Schreibtisch lag der Schlüssel mit dem *Mohr*-Anhänger. Ich montierte das Schild ab und hängte den Schlüssel an meinen Bund. Dann verließ ich die Redaktion.

Auf dem Weg zum Parkplatz begegnete mir Margarete Wurbel-Simonis. Sie hatte noch einen Abendtermin: ein Konzert.

»Die *Alpensinfonie* von Richard Strauß. Wollen Sie mit?«, fragte sie. »Eine Bekannte hat mich versetzt. Ich hab zwei Pressekarten.«

»Seh ich so aus, als ob ich auf Walzer stehe?«, fragte ich – verblüfft von der unerwarteten Offerte.

»Der mit den Walzern heißt *Johann Strauß*«, meinte sie, maliziös lächelnd. »Die *Alpensinfonie* hat mit Walzer so viel zu tun wie Mord mit Mandelhörnchen.«

Ich schaute an mir herab. Schwarze Hose, flache Treter, Schlabbershirt, kein Schmuck.

Wurbelchen dagegen wartete mit der zweireihigen Perlenkette, einem schillernden Brokat-Blazer und halbhohen Pumps auf.

»Die Zeiten, in denen man sich für einen Konzertbesuch ins kleine Schwarze klemmte, sind vorbei«, sagte sie, meine Gedanken erahnend.

»Sind Sie sich sicher, dass Sie mich mitnehmen wollen?«, zweifelte ich.

»Warum denn nicht? Musische Bildung schadet niemandem.

Noch nicht mal Ihnen.« Sie hatte tatsächlich den Schalk im Nacken.

»Na, na! Als Kind hab ich ganz possierlich Blockflöte gespielt!«

»Dann kann ja nichts schiefgehen«, lächelte sie.

Sonnenaufgang mit Versöhnung

Ich studierte die Erläuterungen im Programmheft:

Ein Wanderer bricht vor Sonnenaufgang in die Alpen auf. Nächtlicher Nebel umfängt ihn. Die Sonne erscheint hinter den Gipfeln und bricht mit ungeheurer Kraft in den neuen Tag.

Mich schauderte es. Zu der Musik entstand in meinem Kopf ein Film.

Nein, das hier hatte mit dem Walzerkönig nichts zu tun. Der Komponist ließ die Sonne wirklich hinter den Bergen aufgehen!

Und dann:

Moosige Auen, grüne Blumenwiesen, Weiden mit Kühen und klingenden Herdenglocken, funkelnde Wasserfälle und schließlich ein heraufziehendes Gewitter. Die schwüle Stille entlädt sich. Der Wanderer sucht Schutz in einer Hütte und flüchtet ins Tal zurück. Entspannung, Hoffnung, Ruhe.

»Und? Wie hat es Ihnen gefallen?«, fragte Wurbel, als der Applaus verklungen war.

»Das war sehr schön«, gab ich zu. »Strauß hat die Natur mit Musik gemalt.«

»Ich mag diese Sinfonie sehr«, schwärmte sie. »Eines der schönsten Werke der Spätromantik.«

»Ein echtes Erlebnis war dieser Abend für mich«, stellte ich fest. »Danke, dass Sie mich mitgenommen haben. Es gibt doch noch mehr auf dieser Welt als Blaulicht, Krawall und Skandale. Lassen Sie uns künftig zusammenhalten und die Scharmützel in der Redaktion beenden.«

Ich reichte ihr die Hand. Wurbel-Simonis sah mich überrascht an, griff dann aber zu.

»Und jetzt heben wir noch einen«, entschied ich.

Wir landeten in der mesopotamischen Imbissbude, die sich in Konzerthausnähe befand. Der Inhaber arrangierte arabische Köstlichkeiten auf einer Platte. Wir hauten rein und spülten mit Tee und Ouzo nach.

Gegen Mitternacht machte ich schlapp. Wir bestellten ein Taxi mit zwei Fahrern. Ein neuer Service der Taxi-Liga. Wurbelchen, die ich jetzt Mäggi nennen durfte, wurde nach Hause kutschiert, danach holten wir mein Auto aus der Tiefgarage. Der zweite Taxifahrer stieg in mein Cabrio um und folgte uns zu meinem Haus.

Während der Fahrt fiel mir schmerzhaft ein, dass mich zu Hause niemand erwartete. Kein Friedemann Kleist, der den Wein schon kalt gestellt und etwas zu essen vorbereitet hatte. Keine Gespräche über Gott und die Welt, das Leben an sich und im Besonderen. Er war weg. Ob er jemals wiederkommen würde, stand in den Sternen. Natürlich besaß ich seine Handynummer und hätte ihn anrufen können. Das hatte ich sogar schon einmal gemacht – war aber in eine abendliche Dienstbesprechung geplatzt und kurz abserviert worden. Ein zweites Mal wollte ich mir das nicht antun.

Einer kommt zurück

Es gibt viele gute und schlechte Scherze über Menschen, die sich die Kante geben und am anderen Morgen rausmüssen. Ich kannte sie alle, konnte aber nur dann über sie lachen, wenn ich nicht betroffen war.

Eine Geruchsmischung von Pfefferminztee, Schnaps und Knoblauch hatte sich im Haus ausgebreitet. Mir war schlecht, ich duftete aus jeder Pore nach dem Exzess des vergangenen Abends.

Mäggi. Ob sie überlebt hatte? Meiner Einschätzung nach dürfte es der erste Rausch ihres Lebens gewesen sein. Ob sie an ihrem Erbrochenen erstickt war? Vielleicht war sie auf der Treppe gestürzt und niemand hatte sie gefunden?

Eine kalte Dusche bescherte mir einen freien Kopf. Make-up, Augencreme, getönte Brille, Frühstück bei Anneliese Schmitz. Zurzeit die einzige Konstante in meinem einsamen Leben.

Die Bäckerin hatte ihr Bistro aufgerüstet und sich auf eilige Kundschaft eingestellt. An der Schaufensterscheibe prangte ein Schild: *Coffee to go* – und neu handschriftlich darunter: *Auch zum Mitnehmen*. Ich grinste.

»Bevor du was sachst, Frau Grappa«, begrüßte sie mich. »Ich weiß, was *Coffee to go* heißt, aber die Leute nicht. Die kommen rein und bestellen *Coffee to go* und fragen, ob sie ihn mitnehmen können. Deshalb hab ich das Schild gemalt.«

»Die Bierstädter sind halt nicht so firm in Ausländisch. Wie isses dir denn, Frau Schmitz?«

»Muss. Und selbst?« Sie schaute mich prüfend an.

»Na ja, bisschen einsam so als Single«, berichtete ich. »Gestern Abend bin ich …«

»… versackt!«, vervollständigte die Bäckerin meinen Satz. »Das sieht man. Und nach Knoblauch stinkste auch, Frau Grappa. Willste so zur Arbeit?«

»Nein, Mutti Schmitz. Kann ich Frühstück haben?«, fragte ich.

»Geh schomma durch. Wie imma?«

»Klar. Aber heute mit zwei Aspirin und Wasser.«

»Geht klar.«

Im Bistro griff ich mir das *Tageblatt.* Schnack hatte die Homestory über den schwulen Exminister auf die erste Seite gepackt. Mein Chef schrieb durchaus engagiert und begnügte sich nicht mit der privaten Geschichte des künftigen Hochzeitspaares, sondern prangerte den staatlich verordneten Schwulenhass in Russland an.

Endlich zog der Geruch von Rührei und geräuchertem Schinken in meine Nase. Anneliese Schmitz rückte mit dem Tablett an, ihre junge Hilfe brachte einen großen Pott dampfenden Kaffee.

»Hallo, Donka.«

Das Mädchen lächelte freundlich, reichte mir den Becher und verschwand. Die Klingel im Verkaufsraum hatte sich bemerkbar gemacht.

Der Knoblauchgeschmack in meinem Mund war ziemlich eklig und musste durch ein kräftiges Mahl zurückgedrängt werden.

»Dann ma guten Appetit«, strahlte die Bäckerin und stellte die Sachen ab.

Ich stürzte mich auf das Frühstück. Der Kaffee war knallheiß und belebte meinen dumpfen Kopf.

»Du vermisst ihn, oder?«

Frau Schmitz setzte sich zu mir. Wie immer war sie überhaupt nicht neugierig.

»Es ist, wie es ist.« Ich stellte den Becher auf den Tisch. »Der Aufbau der neuen Anti-Terror-Behörde braucht eben seine Zeit. Da müssen viele Ministerien und Verwaltungen auf einen Nenner gebracht werden. Gerade weil es in der Vergangenheit so peinliche Pannen gegeben hat.«

Mein Handy meldete sich. Die Nummer war nicht zu erkennen. Ich drückte den Anruf weg.

Erneutes Klingeln.

»Nun geh schon dran, Frau Grappa!«, riet die Bäckerin.

»Hallo?«

»Hier Kleist«, sagte die bekannte Stimme. »Kannst du gerade reden?«

»Ja.«

»Ich komme für ein paar Wochen zurück.«

»Ach.« Mehr fiel mir nicht ein. Was für ein Timing!

»Es geht um den Mord an dem Journalisten, über den du heute geschrieben hast«, erklärte die geliebte Stimme. »In seiner Wohnung wurden Anhaltspunkte gefunden, dass ein Terroranschlag auf die geplante Homohochzeit geplant sein könnte. Da muss ich vor Ort ermitteln.«

»Das ist ja super«, freute ich mich. »Wann kommst du?«

»Heute. Soll ich mir ein Hotelzimmer nehmen oder gewährst du mir Obdach?«, fragte er.

»Du kannst gern bei mir wohnen. Der Schlüssel liegt aber nicht mehr im Blumentopf«, erklärte ich.

»Ich bin sowieso erst heute Abend bei dir«, entgegnete Kleist. »Ich werde einfach klingeln und demütig warten, dass du mir die Tür öffnest. Wo bist du denn gerade?«

»Ich frühstücke bei Frau Schmitz.«

Er lachte. »Grüß von mir. Ich muss jetzt Schluss machen.«

»Er kommt zurück«, strahlte ich die Bäckerin an. »Schon heute Abend. Und er lässt dich grüßen.«

Recherche und sieben Milliarden Rubel

Meine neue Freundin Mäggi hatte den Abend besser überstanden als ich. Sie saß in der Konferenz und sah aus wie immer: dunkelblonder Pagenkopf, Schmetterlingsbrille, ein kariertes Kostüm mit Holzknöpfen und die Perlenkette. Sie lächelte mir zu.

»Was ist denn mit Wurbelchen los?«, raunte Wayne neben mir. »Sie hat dich eben ganz freundlich angeguckt.«

»Wir sind gestern zusammen versackt«, bekannte ich. »Und ich darf sie jetzt Mäggi nennen.«

Dem Bluthund fiel alles aus dem Gesicht. »Alkohol hat dich schon immer unberechenbar gemacht«, flüsterte er.

Schnack stürzte in den Raum. »Entschuldigen Sie die Verspätung. Ich hatte heute früh einen Interviewtermin mit Herrn Schmattkow, doch er ist nicht aufgetaucht. Hoffentlich ist ihm nichts passiert.«

»Der flittert irgendwo mit seiner Braut«, grinste Simon Harras. »Wusstet ihr, dass der kleine Knackarsch in der Szene *Hot Tobi* genannt wird?«

»Nee, und woher weißt ausgerechnet du das?«, fragte ich.

»Recherche, Grappa. Kann ich nur empfehlen. Hilft im Job weiter.«

Die Kollegen kicherten.

»Was hat das jetzt mit dem Verschwinden des Ministers zu tun?«, fragte Schnack. »Solche pubertären Showkämpfe sind nicht besonders hilfreich, Herr Kollege Harras.«

»Ich wollte nur einen Scherz machen. Oder darf man das

in dieser Redaktion nicht mehr? Sind wir schon bei der Heiligsprechung bestimmter Minderheiten angelangt?« Harras war auf Krawall gebürstet.

»Witze schon – aber nicht über Homosexuelle«, krähte Mäggi. »Das hab ich inzwischen auch gelernt.«

Ich wollte nicht abseits stehen und fragte: »Stimmt es eigentlich, dass Minister Schmattkow in Russland wegen Korruption und Unterschlagung gesucht wird?«

Alle schauten mich ungläubig an.

»Echt?«, fragte Bärchen Biber. »Und wo hast du das her?«

»Recherche«, lächelte ich. »Kann ich nur empfehlen. Hilft im Job.«

»Ich sehe keinen Zusammenhang zwischen der Hochzeit und diesen Vorwürfen«, sagte Schnack. »Sie können lanciert und erfunden sein, um Stimmung gegen einen Homosexuellen zu machen.«

»Deshalb sollten wir der Sache nachgehen. Sonst lassen wir uns vor den Karren eines Mannes spannen, der sein eigenes Volk um Millionen betrogen hat«, legte ich noch einen drauf. »Schmattkow sollte kurz vor seiner Flucht im Rahmen eines Korruptionsskandals aussagen. Die Staatsanwaltschaft hat Ermittlungsverfahren gegen ihn eingeleitet. Der Schaden wird auf rund sieben Milliarden Rubel geschätzt, das sind ungefähr 170 Millionen Euro.«

»Das ist alles noch nicht bewiesen«, parierte Schnack. »Ich sagte ja schon: Diffamierungen von Homosexuellen haben traurige Tradition.«

»Ich finde das Theater um diese Hochzeit sowieso gnadenlos übertrieben.« Ich war noch nicht fertig. »Doch es gibt etwas, das wirklich interessant ist im Zusammenhang mit der Heirat.«

»Und das wäre?«

»Es liegen offenbar Hinweise auf eine Bedrohung vor. Jemand will die Feierlichkeiten stören. Mit Gewalt.«

»Wer behauptet das?« Schnack war baff.

»Die Behörden haben entsprechende Informationen.«

»Woher?«, fragte Wayne.

»Beim toten Mohr sollen Hinweise gefunden worden sein. Mehr kann ich nicht sagen. Informantenschutz.«

Es klopfte. Schnacks Sekretärin erschien im Raum, reichte ihm ein Handy und flüsterte: »Der Herr Schmattkow für Sie!«

Schnack telefonierte kurz und klärte uns dann auf: »Er hat in einem Stau gestanden und sein Handy vergessen. Wir holen das Interview gleich nach. Ich habe mir wohl grundlos Sorgen gemacht.«

»Dann können Sie ihn ja selbst fragen, ob er in Russland Millionen unterschlagen hat«, schlug Wurbelchen vor. »Ihnen sagt er bestimmt die Wahrheit, Herr Schnack. Das ist dann Recherche. Hilft im Job weiter.«

Ein Chat der besonderen Art

Wir griffen uns einen Kaffee und verzogen uns ins Großraumbüro. Die tägliche Arbeit wartete. Harras hatte einen Termin mit dem Sportdirektor des örtlichen Bundesligavereins wegen eines Millionendeals. Ein Stürmer mit einem unaussprechlichen Namen stand kurz vor dem Wechsel zu unserer Borussia. Mäggi studierte die Kulturseiten der überregionalen Zeitungen, unser Praktikant Kevin ballerte ein paar Außerirdische in einem Computerspiel tot, Sarah packte ihr Brötchen aus und wandte sich der Blöd-Zeitung zu. Niemand wagte es, sie bei dieser heiligen Handlung zu unterbrechen, sonst wäre der Rest des Tages gelaufen. Die Unterleibsprosa einer holländischen Spielerfrau, die ihren Mann nach Strich und Faden betrogen hatte, erforderte schon seit Wochen Sarahs höchste Konzentration.

Doch heute hatte sie noch etwas anderes entdeckt und sie ließ uns daran teilhaben.

»Hört mal«, rief sie durch den Raum. *»Jeder Ton ein Furz.* So steht das hier. *In den USA musste jetzt eine Opernsängerin wegen Blähungen ihre Karriere an den Nagel hängen!* Ich lach mich kaputt! Sie lässt bei jedem Ton, den sie singt, einen fahren.«

»Sie sollte moderne Opern wählen«, sagte ich, »und das Furzen geschickt in den Handlungsablauf integrieren.«

Wir konnten das Thema nicht weiter behandeln, denn Wayne stürzte in den Raum – in der Hand einen Zettel schwenkend.

»Ich weiß nun die Adresse der Wohnung, in der der Mohr gefunden wurde«, teilte er mir mit. »Bauhausstraße 12. Und ich weiß auch, wer sie gemietet hat: Mohr selbst!«

»Eine zweite Wohnung? Wozu das?«

»Das kriegen wir raus. Komm, Grappa!«

Das Gebäude war zwar etwas heruntergekommen, aber durchaus bewohnbar. Wayne machte Außenaufnahmen. Dann näherten wir uns der Haustür.

Die erste Überraschung waren die Schildchen neben den Klingeln. Acht Namen, kein *Mohr,* aber ein *Rohm.*

»Das ist ja einfach«, meinte ich.

»Wieso?«, fragte der Bluthund.

»*Mohr* und *Rohm*. Alles klar?«

»Ach so. Wie kommen wir rein? Soll ich irgendwo klingeln?«

»Ich probier es mal mit dem Schlüssel, den uns Santana gegeben hat.«

Ich holte meinen Bund aus der Handtasche und probierte. Bingo. Der Schlüssel passte.

Wir nahmen die Treppe nach oben. Die Wohnung *Rohm* befand sich im zweiten Stock.

»Das Polizeisiegel ist zerrissen«, stellte ich fest. »Jemand war vor uns da.«

Vorsichtig legte ich das Ohr an die Tür und lauschte.

»Da ist jemand in der Wohnung«, flüsterte ich. »Was sollen wir jetzt tun?«

»Warten, bis jemand rauskommt?«, schlug Wayne vor.

Ich verneinte, überlegte kurz und betätigte die Schelle.

»Spinnst du?«, fluchte Wayne und wich von der Tür zurück.

»Entweder kommt jetzt jemand raus oder nicht. Psst!«

In die Wohnungstür war ein Spion eingelassen. Ich drückte mich unterhalb des Ausgucks an die Tür und stellte erneut meine Lauscher auf.

Tatsächlich! Leise Schritte näherten sich, stoppten vor der Tür und entfernten sich nach kurzer Zeit wieder.

Todesmutig steckte ich den Schlüssel ins Schloss und drehte ihn um.

Auch hier funktionierte er.

»Schließanlage«, stellte Wayne fest.

»Hallo! Wer immer Sie sind – wir kommen jetzt rein!«, rief ich und schob die Tür auf. »Und zwar in friedlicher Absicht!«

»Mist!«, rief ich Sekunden später.

Vor uns stand eine Frau mit einem langen Messer im Anschlag. »Wer sind Sie? Was wollen Sie hier?«

»Kein Grund zur Panik«, sagte ich. »Wir sind von der Zeitung. Vom *Tageblatt.* Kollegen von Herrn Mohr. Ich kann Ihnen meinen Presseausweis zeigen. Beruhigen Sie sich und legen Sie das Messer weg!«

Die Frau ließ die Hand mit dem Messer sinken.

»Wer sind Sie?«, fragte nun ich. »Die Wohnung war versiegelt. Hier ist ein Mord passiert.«

»Ich weiß. Ich bin die Witwe.«

»Gundi Mohr?«

»Ja.« Sie legte das Messer auf ein Tischchen. »Kommen Sie rein und machen Sie die Tür zu.«

Wir folgten ihr in einen dunklen Raum. Die Rollläden waren herabgelassen. Neben einem Bett brannte eine kleine Lampe.

»Was machen Sie hier? Die Polizei könnte Ihnen Schwierigkeiten machen.«

»Das ist mir ziemlich egal.« Sie ging zum Fenster und zog das Rollo hoch. »Ich wollte wissen, wie es da aussieht, wo es ihn endlich erwischt hat.«

Ups. Das hörte sich nicht nach Gattinnenliebe an.

»Woher haben Sie den Schlüssel für diese Bude?«, fragte sie.

Ich berichtete von unserem Besuch bei Ottmar Santana. »Er glaubt, dass Sie den Schlüssel in seinen Briefkasten geworfen haben.«

»Ich?« Sie lachte bitter. »Nein, ich war's bestimmt nicht. Da hat einer von Felix' Boys wohl Schluss gemacht und den Schlüssel dann aus Versehen in den falschen Briefkasten gesteckt.«

»Boys?«

»Ja, Boys. Man nennt diese Herren auch Schwuchteln, Tunten, Tucken, Homos oder Stricher.«

»Ihr Mann war … schwul?«, fragte ich ungläubig.

»Allerdings.«

»Wie kann das sein? Er hat überall gegen Schwule polemisiert!«

»Alles Tarnung. Was glauben Sie, was er in dieser Wohnung hier getrieben hat?«

Wayne und ich sahen uns an. Das war eine spannende Entwicklung.

»Wer weiß alles davon?«

»Vermutlich alle. Nur Felix glaubte, dass niemand sein Geheimnis kannte. Aber in der Szene wird traditionell getratscht ohne Ende. Schwuchteln sind Klatschweiber.«

Ich musterte die Witwe. Gundi Mohr war eine große Frau mit hellem Haar und fahler Haut. Ein bisschen Schminke und Hautpflege hätten sie zu einer Schönheit machen können, obwohl das Leben sie gezeichnet hatte. Ich schätzte sie auf Anfang bis Mitte vierzig. Sie trug ein Schlabbershirt und Jogginghosen. Unter dem Shirt wölbte sich ein Bäuchlein. Ich beschloss, dezent zu sein.

»Ihre Ehe war also nicht besonders harmonisch«, stellte ich fest. »Und trotzdem sind Sie hier? Brechen sogar ein Polizeisiegel. Warum?«

»Ich suche etwas.«

»Die Polizei hat alles von Bedeutung mitgenommen – da können Sie sicher sein.«

»Hier hat man ihn gefunden«, sagte sie und deutete auf ein breites Doppelbett, das abgezogen war. »Abgefüllt mit Pisse.«

»Woher wissen Sie das?« In meinem Magen grummelte es.

»Ich habe ihn identifiziert und es gerochen.«

»Wir wussten nur von einer großen Flüssigkeitsmenge, die ihm eingetrichtert wurde«, sagte ich. »Eine grausame Art, so zu sterben.«

»Grausam? Ihr habt echt keinen Schimmer, oder?«

Wayne und ich sahen sie verständnislos an.

»Loggt euch mal im Schwulenchat *Prinzenbörse* ein und guckt euch das Profil *Badgay* an, dann wisst ihr, was los ist.«

Prinzenbörse – ein netter Name.

»Machen wir später«, sagte ich. »Sie haben uns immer noch nicht erzählt, was Sie hier suchen?«

»Ich hab die Kohle gesucht, die er für seine Stricher angespart hat. Aber leider habe ich nichts gefunden.«

»Fragen Sie doch die Polizei«, riet Wayne. »Die muss Ihnen das Geld wiedergeben, falls sie etwas beschlagnahmt haben.«

»Da war ich schon. Die haben kein Geld gefunden.«

»Dann haben Sie wohl Pech.«

»Sieht so aus.«

»Ich werde einen Artikel schreiben«, kündigte ich an. »Darf ich die Informationen verwenden, die Sie uns gegeben haben?«

»Dass Felix schwul war? Ja, klar«, lächelte sie freudlos. »Alle stellen ihn als armes Opfer dar. Das wahre Opfer bin allerdings ich. Und ich habe nichts zu verlieren.«

»Kennen Sie wirklich nicht einen seiner Liebhaber?«, versuchte ich es ein letztes Mal.

»Kennen? Liebhaber? Er kannte die Stricher ja selbst nicht mit Namen. Gehen Sie in den Chat und machen Sie sich dort selbst ein Bild!«

Ein feuchtes Profil bei den Prinzen

Zurück in der Redaktion setzten Wayne und ich uns vor den Rechner und klickten uns auf der *Prinzenbörse* ein. Leider musste man sich anmelden, um die Profile sehen zu können.

»Dann denk dir mal einen geilen Nick aus«, forderte ich Wayne auf.

Er überlegte. »Wie wär es denn mit … *Negerkuss?*«

»Neger geht gar nicht. Politisch inkorrekt.«

»O Mann. Korrekt bei diesem Schweinkram? Na gut. *Schokokuss*. Damit bediene ich alles, was in der Szene gefragt ist, oder?«

»Glaub ich nicht. Die meisten suchen doch bestimmt nur eine erfüllende Beziehung, wie wir Heten auch.«

»Du glaubst an den Osterhasen«, meinte er. »Also *Schokokuss*?«

»Versuchen wir's.« Ich tippte den Namen ein, der sofort akzeptiert wurde. »Jetzt noch eine E-Mail-Adresse, die uns nicht verrät.«

»Ich hab nur eine, in der mein Name vorkommt.«

»Ich hab eine neutrale Adresse, dann nehmen wir die«, entschied ich.

Ich bediente die Tastatur. Nach zehn Minuten stand das Profil von *Schokokuss*. 1,90 m groß, fünfundzwanzig Jahre alt, achtzig Kilo schwer, schwul, dominant, rasiert.

»Jetzt musst du noch ein Foto reinsetzen«, meinte Wayne.

»Von mir?«

»Nee, Grappa, nicht von dir«, grinste er, »von einem schönen jungen Schwarzen.«

»Und wo soll ich das herkriegen?«

»Klau irgendeins aus dem Internet.«

Gesagt, getan. Ich nahm das Porträt eines dominikanischen Models. Hoffentlich würde der Mann nicht das Recht am eigenen Bild bei mir einklagen.

Wir loggten uns in die Community ein und suchten Mohrs Profil.

Wir fanden es. Tatsächlich, der Mann, der sich *Badgay* nannte, war Felix Mohr. Er hatte mehrere Fotos eingestellt.

»Wow!«, entfuhr es Pöppelbaum. »Das ist ja der Hammer.«

Die Fotos zeigten den Journalisten halb nackt mit Hemdchen und erigiertem Penis, mit einem anderen Herrn züngelnd, dessen bestes Stück ein Metallring zierte.

»*Cockring*«, klärte mich Wayne auf.

»Woher weißt du denn so was?«, fragte ich.

»Männliche Allgemeinbildung«, behauptete er.

»Das bezweifle ich. Was soll das Ding bewirken?«

»Ein *Cockring* dient der Verlängerung der Erektion«, erklärte er. »Aber man soll's nicht übertreiben, sonst klemmt man sich den Schniedel ab.«

»Lass uns mal lesen, was Mohr geschrieben hat.«

Stumm starrten wir auf den Monitor und lasen Folgendes:

Suche Mitspieler (gern mehrere), die ohne Ankündigung und ohne vorherigen Chat vorbeikommen, schellen und sofort und ohne Hemmungen die Säfte (Cum und NS) fließen lassen. Poppers vorhanden.
Dabei sind mir folgende Punkte wichtig und insofern nicht verhandelbar:

1. *Gesundheit. Ich bin gesund und will es bleiben. Sorry.*
2. *Ich suche weder Models noch solche, die sich dafür halten. Allerdings kann ich auch mit extrem Übergewichtigen nichts anfangen. Erwünscht sind Mitspieler, bei denen Größe und Gewicht in einem angemessenen Verhältnis stehen.*
3. *Rasiert. Rasiert, nicht »cut«.*
4. *Ja, ich stehe auf NS. Das Kürzel steht nicht für ›Nederlandse Spoorwegen‹, sondern für pissen. Das bedingt vorherigen Wassergenuss, nichts anderes.*

»Uff!«, meinte ich. »Dann hat er ja bekommen, was er sich gewünscht hat.«

»*Golden Shower*, ja. Aber von dem Wunsch zu sterben steht nichts in dem Profil«, ergänzte Wayne. »Er wollte nur ein bisschen angepinkelt werden. Was auch immer er daran gut gefunden hat.«

Aufpimpen und Poppers

Die Entenbrust hatte eine schöne Fettschicht und fast keine Sehnen. Ich wusch sie mit kaltem Wasser, trocknete sie und würzte sie mit einem Gemisch aus zerstoßenem schwarzen Pfeffer und Salz, das ich in die Haut einmassierte. Dann schnitt ich Zwiebeln klein, holte Salbeiblätter aus dem Garten, wusch und zerkleinerte sie und gab Olivenöl in den Bräter.

Das Fett war heiß. Ich briet die Brust von beiden Seiten kurz und scharf an und gab Zwiebeln und Salbei hinzu. Nachdem ich die Hitze gedrosselt hatte, löschte ich alles mit Orangensaft und Brühe ab und stellte das Ganze in den Backofen. Nicht mehr als 120 Grad. Diese Temperatur garantierte butterweiches Fleisch. Der Römersalat war schnell geputzt, die Vinaigrette angesetzt. Wasser und Wein warteten im Kühlschrank.

Jetzt war ich dran. Duschen, Haarkur, Fönen. Wenig Make-up, nur etwas Lipgloss und Kajal um die Augen. Ganz natürlich wollte ich wirken. Er sollte nicht denken, dass ich mich seinetwegen aufgepimpt hatte.

Doch ich sah aus wie immer, als ich nach dem Schönheitsprogramm in den Spiegel schaute. Leicht frustriert genehmigte ich mir schon mal ein Glas *Pinot grigio*.

Kleist ließ weiter auf sich warten. Ich stellte den Backofen aus und schenkte mir ein weiteres Gläschen ein.

Das ungewöhnliche Hobby von Felix Mohr spukte mir immer noch im Kopf herum. Warum hatte er sich unbekannten Menschen auf diese Art ausgeliefert? Das war an Leichtsinn nicht zu überbieten.

Einen Begriff musste ich noch klären. Was bedeutete: *Poppers vorhanden?*

Wikipedia gab mir die Erklärung:

> *Poppers (Plural, von englisch to pop, »knallen«) ist eine Slang-Sammelbezeichnung für eine Gruppe flüssiger und kurzzeitig wirksamer Drogen. Ihnen werden aphrodisierende und schmerzhemmende Wirkungen zugeschrieben, weshalb sie vor dem Analverkehr vom passiven Partner verwendet werden, um den Schließmuskel zu entspannen und eventuell durch Verkrampfung auftretenden Schmerzen vorzubeugen.*

Mohr hat wirklich nichts ausgelassen, dachte ich.

Kleist hatte sich inzwischen über zwei Stunden verspätet. Ohne mir eine Nachricht zu schicken. Das war sonst nicht seine Art. Ich nahm die halb volle Flasche Wein und setzte mich vor die Glotze.

Ein Politmagazin berichtete ausführlich über ein Urteil des Europäischen Gerichtshofs zugunsten von homosexuellen Flüchtlingen. Der Gerichtshof stellte klar, dass Homosexuelle eine soziale Gruppe im Sinn der Genfer Flüchtlingskonvention seien. Begründung: Die sexuelle Ausrichtung sei ein so bedeutsames Merkmal für die Identität eines Menschen, dass er nicht gezwungen werden darf, auf diese zu verzichten. Drei schwule Flüchtlinge aus Sierra Leone, Uganda und Senegal hatten in den Niederlanden Asyl beantragt. Homosexualität stand in den Heimatländern der drei unter schwerer Strafe. Schwule und Lesben hatten somit ein Recht auf politisches Asyl. Das ist doch endlich mal ein Lichtblick, dachte ich.

Ich prostete dem Moderator zu und leerte die Flasche. Zeit, ins Bett zu gehen. Ich schlief schnell ein.

Um drei Uhr morgens weckte mich ein langes Schellen. Ich schlich zur Tür, schaute durch den Spion, öffnete und blinzelte in ein übernächtigtes Männergesicht.

»Entschuldige, Maria«, sagte Kleist und umarmte mich. »Es hat einen Sondereinsatz gegeben. Aber ich kann dir nicht sagen, warum.«

»Einsatz beendet. Komm ins Bett!«, gab ich zurück.

Triebhafte Geheimnisse

Kalte Entenbrust schmeckt gut zum Frühstück, besonders in Kombination mit Feigensenf.

Für meinen Gast fasste ich die Informationen zusammen, die ich zum Mord an Felix Mohr gesammelt hatte: die Begegnung mit Ottmar Santana, unser Besuch in der Wohnung, in der die Leiche gefunden worden war, das Gespräch mit der Witwe und das Profil bei der *Prinzenbörse.*

Kleist sah sich die Screenshots des *Badgay*-Profils an und schüttelte den Kopf.

»Mohr hat es seinen Mördern sehr einfach gemacht«, stellte er fest. »Was davon hast du schon veröffentlicht?«

»Noch nichts«, antwortete ich. »Ich musste das alles erst mal sacken lassen. Und was wisst ihr, was ich nicht weiß?«

Kleist lächelte. Er sah überarbeitet aus und hatte an Gewicht verloren. Die dunklen Haare mit Grauschimmer stießen an den Kragen seines Hemdes. »In der Wohnung, in der Mohr offiziell gemeldet ist, haben die Kollegen sehr interessantes Material gefunden. In einem Karton hatte Mohr alles verwahrt, was jemals über die geplante Hochzeit von Schmattkow geschrieben worden ist, aber auch Artikel über die Korruptions- und Betrugsvorwürfe gegen ihn. Dazu der Entwurf eines Flugblatts gegen die Heirat, einen Stadtplan, mehrere Anleitungen zum Basteln einer Rohrbombe und Rechnungen über Chemikalien zu ihrer Herstellung. Gefunden haben wir die Sachen leider nicht, die Bombe wird offenbar woanders zusammengesetzt. Aber das alles deutet auf einen Anschlag auf die Hochzeit hin. Und dazu gab es noch einen vorbereiteten Artikel, der dem geplanten Anschlag gewisse Sympathien entgegenbringt. Einem Anschlag, der noch gar nicht stattgefunden hat.«

»Wo sollte der Artikel erscheinen?«

»In dem Blog einer *Gesellschaft für Lebensfragen.* Das ist ein gemeinnütziger Verein. Ein übler Zusammenschluss von eingefleischten Schwulenhassern.«

»Der Mohr war doch selbst schwul oder zumindest bisexuell«, rief ich aus. »Warum hat er nicht einfach aufgehört mit diesen Artikeln und zugegeben, dass er homosexuell ist? Da ist doch gar nichts dabei!«

Kleist schob sich noch eine Scheibe Entenbrust in den Mund. »Das ist doch oft so, Maria. Pharisäer tummeln sich schon im Alten Testament. Menschen, die sich offiziell für den Schutz von Kindern einsetzen, fahren jedes Jahr nach Ostasien, um Kinder zu missbrauchen, amerikanische Senatoren, die sich den Wert einer christlich-monogamen Ehe auf den Schild geschrieben haben, verschicken Schwanzfotos oder veranstalten Bunga-Bunga-Partys, katholische Priester vergewaltigen ihre Messdiener ... Der Mensch ist nicht nur

Dr. Jekyll, sondern auch Mr Hyde. Besonders, wenn es um die Triebe geht.«

»Und welch triebhaften Geheimnisse hast du?«

Er antwortete nicht, packte meine Hand und zog mich ins Schlafzimmer.

Die Redaktionskonferenz war schon im Gange, als ich das Verlagshaus erreichte. Also schwänzte ich sie.

»Ich stand im Stau«, behauptete ich später Schnack gegenüber. »Und ich hab eine Story zum Mordfall Mohr – inklusive Neues zur Minister-Hochzeit. Es ist mir gelungen, Kontakt zu dem Beamten aufzunehmen, der aus Düsseldorf abgeordnet worden ist, um den Anschlag zu verhindern.«

Ich bekam achtzig Zeilen inklusive Fotos. Pöppelbaum und ich zogen uns in mein Büro zurück, um in Ruhe arbeiten zu können.

Wir sichteten die Aufnahmen der Wohnung in der Bauhausstraße, bearbeiteten die Screenshots von Mohrs Chat-Profil bei der *Prinzenbörse.* Der Name *Badgay* wurde gepixelt, ebenso das Foto mit dem *Cockring.*

»Und was hat dir Kleist erzählt?«, fragte Pöppelbaum. »Falls ihr überhaupt zum Reden gekommen seid.«

»Sind wir – und ich habe mit ihm besprochen, was ich schreiben kann und was nicht. Schließlich wollen wir die Ermittlungen nicht gefährden.«

Das war einfacher gesagt als getan.

Ich grübelte zwei Stunden lang, kippte gefühlte zehn Becher Kaffee in mich hinein, löschte den Text immer wieder und begann neu.

»MEIN MANN WAR SCHWUL« –
WITWE DES TOTEN JOURNALISTEN PACKT AUS

Exklusivbericht von Maria Grappa

Der Mord an Felix M. (49) wird immer mysteriöser. Jetzt behauptet seine Ehefrau, ihr Mann sei schwul gewesen und habe im Strichermilieu der Stadt verkehrt. Tatsächlich trieb sich M. in einschlägigen Chatrooms herum und suchte Kontakte zu jungen Männern für bestimmte Sexualpraktiken (siehe Screenshot). Felix M. hatte sich zu Lebzeiten mit homophoben Artikeln einen unrühmlichen Namen gemacht und in Online-Zeitungen gegen die geplante Homo-Ehe des ehemaligen russischen Agrarministers Schmattkow polemisiert.

In diesem Zusammenhang gehen die Behörden einem weiteren ungeheuerlichen Verdacht nach: Wollen schwulenfeindliche Gruppen die Heirat verhindern? Ist auf die Hochzeit ein Anschlag geplant?

Ich reicherte den Artikel mit einigen Beispielen aus dem homophoben Schaffen des Toten an. Schnack segnete den Text ab und kündigte an, dass auch sein Interview mit dem Exminister am nächsten Tag erscheinen würde.

Spur beim Sport und ein unlockerer Reporter

Am frühen Nachmittag stand mein Artikel online – ausgestattet mit einer Kommentarfunktion. Eine halbe Stunde später waren bereits vierzig Kommentare eingegangen. Die Hälfte der Poster regte sich über die Lügen des toten Felix Mohr auf, die andere Hälfte schimpfte allgemein auf Homosexuelle und bezeichneten ihre Sexualität als unnormal und gottlos.

Auch Gundi Mohr meldete sich. Sie war bei ihren Eltern untergekrochen. »Ich brauche jetzt Ruhe. Mir ist aber noch etwas eingefallen, was Ihnen weiterhelfen könnte. Felix war sein Leben lang ein Sportmuffel. Deshalb wunderte ich mich, dass er sich bei einem Fitnessstudio eingeschrieben hat und sogar regelmäßig hingegangen ist. Den Namen von dem Laden weiß ich leider nicht mehr.«

Es gab etwa sechzig Muckibuden in Bierstadt. Ich druckte mir die Namen derjenigen aus, die in der Nähe von Mohrs Wohnungen lagen. Das waren insgesamt zehn.

Eine schöne Arbeit für unseren Praktikanten Kevin. Der junge Mann schmückte die Redaktion erst seit zwei Wochen – rein optisch gesehen.

Kevin war um die zwanzig – Knackarsch, Waschbrettbauch, mit Frauen nichts am Hut – und hatte schon am ersten Tag verkündet, dass er eine Karriere vor der Kamera anstrebe und die Zeit beim *Tageblatt* nur als Sprungbrett für einen Moderatorenjob sehe. Das hatte ihm viele Sympathien eingetragen und die Kollegen ließen ihn am langen Arm verhungern.

Gerade saß er zehn Meter von mir entfernt und surfte im Netz. Als ich mich ihm von hinten näherte, erkannte ich das Logo der *Prinzenbörse.* Er bemerkte mich und klickte die Seite weg.

»Pass mal auf, Süßer«, lächelte ich. »Du kannst dich nützlich machen, denn ich brauch deine Hilfe.«

Kevin kratzte sich die Gelfrisur. »Mh, ich soll doch für den Herrn Schnack eine Sommerserie konfigu… konzen…«

»… konzipieren«, half ich. »Mach doch was mit Tieren oder Kindern, das kommt immer gut.«

»Daran hab ich auch schon gedacht«, strahlte Kevin.

»Sommer ist ja noch nicht«, beruhigte ich ihn. »Ich hab erst noch einen anderen Auftrag für dich. Du kennst dich doch bestimmt in der Fitness-Szene aus, so wie du aussiehst?«

»Kann man so sagen.«

Ich reichte ihm den Zettel mit den Namen und Telefonnummern. »Dann klingel mal bitte bei diesen zehn Studios durch und frag, ob die einen Felix Mohr kennen.«

»Und wenn ja?«

»Dann kreuzt du den Namen der Bude an und gibst mir den Zettel wieder zurück. Alles klar?«

Kevin verzog sich an sein Tischchen und begann mit der Recherche. Ich grinste und fand mich toll. Immerhin hatte ich einem jungen Menschen für eine kurze Weile eine Aufgabe gegeben, an der er wachsen konnte.

»Kommst du mit essen, Grappa?«, rief mir Harras zu. »In der Kantine gibt's Spargel. Die Huschen stehen alle schon Schlange.«

»Irgendwann kriegst du noch mal eins drüber wegen deiner Schwulenwitze«, prophezeite ich.

»Ach, was«, meinte er. »Spaß muss sein. Die besten Schwulenwitze erzählen die Homos selbst.«

»Ich find's trotzdem unter der Gürtellinie. Bei dir klingt es unlocker.«

»Grappa, nun fang nicht an, politisch korrekt zu werden. Oder soll ich auf frauenfeindliche Witze umsteigen?«

»Das würde ich dir nicht raten«, meinte ich grimmig.

»Was hast du eigentlich? Auf der einen Seite wollen die Homos normal behandelt werden, auf der anderen Seite beschweren sie sich, wenn mal ein kleiner Witz über sie gemacht wird. Was denn nun?«

Ich erhob mich und folgte ihm in die Kantine.

»Weißt du was, Harras? Kennst du das Wort *Niveau?*«

»Die weiße Creme?«

»Genau. Die solltest du mal benutzen.«

Wir stellten uns in die Schlange vor der Essensausgabe. Vor mir war Wurbelchen dran. Sie gab der Kantinenkraft Anweisungen, welche Spargelstangen sie genau haben wollte, und suchte sich die dicksten aus.

Harras verfolgte die Aktion grinsend. »Nicht nur die Homos, auch die alten Jungfern mögen die Spargelform. Hätte ich gleich drauf kommen können.«

Als ich an der Reihe war, bestellte ich einen Salatteller.

Kevin hatte es geschafft.

»Der Laden heißt *Corposana«*, berichtete er. »Am Fußballstadion. Mohr war dort seit einem Jahr eingeschrieben und hatte sogar einen Personal Trainer.«

»Super«, freute ich mich. »Jetzt muss ich nur noch den Namen von diesem Trainer rauskriegen.«

Kevin hüstelte. »Georg Baum – aber alle nennen ihn Schischi.«

Tatsächlich Sport

»Ich werde ab morgen ein Sportstudio besuchen«, erklärte ich Kleist beim Abendessen.

»Du lehnst doch sonst jede Art von Sport ab«, meinte er irritiert. »Was ist passiert?«

»Mohr lehnte auch jede Art von Sport ab«, sagte ich. »Aber er hat sich trotzdem in einer Muckibude eingeschrieben und sich sogar einen Personaltrainer genommen. Vielleicht hat er da Frischfleisch für seine Spielchen gesucht.«

»Grappa im Undercovereinsatz«, lächelte er amüsiert. »Ausgerechnet in einem Fitnesstempel. Aber die Idee ist gut.«

»Danke.« Ich versenkte ein Stück Melone in meinem Mund. »Ich halte dich auf dem Laufenden, wenn du willst.«

»Was deine sportlichen Fortschritte angeht?«

»Auch das. Vielleicht finde ich dort aber auch Mohrs Mörder. Was hast du eigentlich heute ermittelt, Herr Hauptkommissar?«

»Dienstbesprechung mit den örtlichen Kräften. Gespräche mit der Stadt wegen des Sicherheitskonzepts zur Hochzeit. Kontaktaufnahme mit dem russischen Staatsbürger Schmattkow.«

»Du hast Schmattkow gesehen? Wie ist er denn so?«

»Ich fand ihn nicht gerade sympathisch, aber das spielt ja keine Rolle.«

»Und wo hält er sich versteckt?«

»Maria, das ändert sich jeden Tag. Er ist jedenfalls in Sicherheit – und sein zukünftiger Mann auch.«

Mindestens ein Jahr lang

Wir teilten uns die Zeitung auf. Kleist las meinen Artikel über Mohrs sexuelle Umtriebe und ich beschäftigte mich mit dem Schmattkow-Interview.

Schnack hatte dem Russen Fragen gestellt, die durchweg harmlos waren – keine Silbe über die Korruptions- und Betrugsvorwürfe, die ihm die russische Justiz machte. Feige Socke, dachte ich und trank meinen Becher Kaffee leer.

»Ich muss los«, kündigte ich an. »Meine Schnupperstunde bei *Corposana* beginnt in zwanzig Minuten. Räumst du das Geschirr in den Spüler, bevor du gehst?«

»Ja, Boss«, grinste Kleist.

Ich packte die Sporttasche, drückte ihm einen Kuss auf die Wange und verließ das Haus. Leichter Frühnebel schwebte über den Feldern. Ein schöner Anblick, der mir aufgrund meines Biorhythmus nicht oft vergönnt war. Vom Phönixsee kommend, flog ein Schwarm Kanadagänse auf das Feld neben meinem Haus und suchte Nahrung.

Wenn ich nicht mehr arbeiten muss, stehe ich jeden Tag früh auf, nahm ich mir vor.

Vermutlich ein genauso kurzlebiger Plan, wie sich mehr zu bewegen oder weniger zu schlemmen.

Ich startete den Motor meines Wagens. *Corposana* befand sich im Schatten des großen Fußballstadions. Die Straßen rund um den Fußballtempel wurden von der Stadtreinigung bearbeitet und vom Müll eines gerade stattgefundenen Spiels in der Champions League befreit, das die Unseren natürlich haushoch gewonnen hatten.

Die Stadt bezahlte die Straßenreinigung aus Steuergeldern, während der Verein Millionen einsackte. Aber das störte niemanden in Bierstadt, der schwarz-gelbe Verein war eine heilige Kuh.

Ich parkte mein Auto direkt vor dem Haus. Es herrschte ein reges Kommen und Gehen, alte und junge Menschen – viele gestützt auf Gehhilfen – stiegen aus den *Corposana*-Kleinbussen, die die Patienten morgens zu Hause abholten und zum Turnen brachten.

Eine Mitarbeiterin empfing mich, nahm meine Daten auf und führte mich in den Geräteraum. Die Trainer waren von den Kunden optisch gut zu unterscheiden, denn sie waren im Durchschnitt dreißig Jahre jünger und dreißig Pfund schlanker. Und sie trugen dunkelblaue Jogginguniformen mit Namensschildern.

»Erst mal zehn Minuten aufs Fahrrad zum Warmwerden.« Die junge Frau stellte das Programm ein und ließ mich strampeln.

Während der Übung schaute ich mich um. Erhebliche Krückendichte, neonfarbene Jogginganzüge konkurrierten mit Designklamotten mit Jaguar- oder Bumerang-Logo.

Zehn Minuten waren um, der Timer am Rad piepste und meine Betreuerin erschien wieder.

»Jetzt zum Laufband«, kommandierte sie. »Das ist Ausdauertraining. Krafttraining kommt danach.«

Sie stellte die Stundenkilometer ein und los ging es. »Längere Schritte ... viel länger.«

Ich hielt fünfhundert Meter durch, dann stieg ich – leicht taumelnd – vom Band herunter.

»Na, wie fühlen Sie sich?«, fragte die junge Frau.

»Kurz vor dem Herzinfarkt«, behauptete ich. »Sport ist wirklich anstrengend.«

»Das war doch kein Sport«, entgegnete sie.

»Da haben Sie wohl recht. Gibt es bei Ihnen einen Trainer namens Schischi Baum?«, fragte ich. »Der hat einen Kollegen von mir betreut und soll sehr gut sein. Vielleicht kann ich ihn als Personal Trainer buchen.«

»Schischi ...«, rief sie in den Saal, »... kannst du mal kommen?«

Ein großer junger Mann tänzelte lächelnd auf uns zu. Er trug die *Corposana*-Uniform mit mehr Eleganz als der Rest der Crew. Wow, dachte ich, was für eine Sahneschnitte! Felix Mohr hatte geschmacklich nicht danebengelegen.

»Ja, bitte?«, fragte er. Seine Augen waren kornblumenblau.

»Ich würde Sie gern sprechen, Herr Baum«, sagte ich. »Mein Name ist Grappa. Es geht um Felix Mohr. Er war ein Kunde von Ihnen.«

»Er war ein Patient«, korrigierte er mich. »Ich habe gelesen, dass er ermordet worden ist. Sind Sie von der Polizei?«

»Nein. Nicht ganz so schlimm. Nur von der Presse«, beruhigte ich ihn.

Er schaute auf die Uhr. »In einer halben Stunde habe ich Pause. Dann können wir uns im Bistro treffen.«

»Prima. Meine Schnupperstunde ist gleich zu Ende.«

Unter Bewachung der Trainerin absolvierte ich noch einige Geräte, die meinen Bauch straffen, die Rückenmuskulatur stärken und die Oberarme kräftigen sollten.

»Wann macht sich das alles positiv bemerkbar?«, fragte ich.

»So etwa in einem Jahr«, antwortete sie. »Aber nur, wenn Sie dreimal die Woche trainieren.«

»Ziemlich langwierig«, stellte ich fest. »Ich überleg mir das noch mal.«

Sie schaute mich an und wir beide wussten, dass wir uns nicht mehr hier begegnen würden.

Klemmende Schwestern

Schischi Baum nippte an einem Eiscafé, als ich das Bistro betrat. Er stand auf und schob den Stuhl zurück, damit ich mich setzen konnte.

»Sie sind ein höflicher junger Mann«, sagte ich. »Das gefällt mir.«

»Höflichkeit macht das Leben einfacher, finden Sie nicht?« Seine Stimme war sehr männlich, was seine Attraktivität noch steigerte.

»Sie haben Mohr trainiert«, begann ich.

»Ja. Der ermordete Journalist. Ich hab es im *Tageblatt* gelesen. Die Artikel waren wohl von Ihnen, nehme ich an.«

Ich nickte. »Darf ich ganz offen sein?«

Er schaute mich ohne Arg an. »Natürlich.«

»Welche Beziehung hatten Sie zu ihm?«

»Das wissen Sie doch. Ich war sein Trainer.«

»Nicht sein Liebhaber?«

Er lachte. »Nein. Ich bin zwar schwul, aber wir hatten nichts miteinander.«

»Kam er wirklich nur wegen des Trainings hierher?«

»Ja. Er sah ein, dass ein gesunder Geist nur in einem gesunden Körper leben kann. Besonders in seinem Alter.«

»Mochten Sie ihn?«, fragte ich.

»Ich war sein Trainer.«

»Wie kam er ausgerechnet auf Sie?«, blieb ich dran.

»Na gut.« Er sog den Kaffee durch den Strohhalm.

Ich wartete.

»Ich arbeite ehrenamtlich bei den *Klemmschwestern.* Wir haben unsere Vereinsräume im *Café Stoßseufzer.* Dort habe ich ihn kennengelernt.«

»Was sind denn die *Klemmschwestern*?«, fragte ich verdutzt.

»Eine Gruppe, die sich um die kümmert, die Angst haben, sich als homosexuell zu outen. *Klemmschwestern* – so nennen wir die Leute, die selbst noch nicht wissen, dass sie schwul sind.«

»Und wie kümmern Sie sich?«

»Beratungsgespräche, Behördengänge, Gespräche mit Eltern, der Schule oder den Arbeitgebern. Wir bieten eine psychologische Betreuung. Wir sind gemeinnützig und finanzieren uns durch Spenden.«

»Und Mohr ließ sich beraten?«

»Ja. Auch, wenn es merkwürdig klingt. Ich kannte seine homophoben Artikel und fand sie sehr verletzend – aber er wollte diesen Weg verlassen. Wir haben intensive Gespräche darüber geführt. Es kommt häufig vor, dass die größten Schwulenhasser sich selbst zu Männern hingezogen fühlen.«

»Mohr hatte ein Profil bei der *Prinzenbörse*, der Schwulen-Community im Netz …«

»Ja, ich weiß. Da war ich auch mal aktiv, bevor ich meinen Mann kennenlernte.«

»Mohrs Profil war ziemlich *hardcore* …«

Schischi Baum atmete tief ein. »Ich kenne es. Natursekt, Cum und Poppers … und das Ganze nicht mal anonym. Das war eine gefährliche Sache. Jeder wusste, wer er war, aber das schien Felix nicht zu stören. Es erhöhte für ihn sogar den Kick. Und er war davon überzeugt, die Sache im Griff zu haben.«

»Warum suchen Schwule diesen totalen sexuellen Kick?«, fragte ich.

»Das hat mit schwul nichts zu tun«, antwortete Baum. »Das gibt es bei euch Heten auch. Doch da kümmert sich keiner drum. Swingerklubs, Sadomasoschuppen, Fremdgehagenturen – alles ist da. Bei uns Schwulen wird nur mehr Aufhebens darum gemacht, weil es in der Gesellschaft noch nicht so bekannt ist. Das Internet hat uns befreit, uns aber auch neue Feinde beschert. Glauben Sie mir, wie alle Menschen suchen die meisten eine erfüllende Beziehung mit einem Partner, dem sie vorbehaltlos vertrauen können, den sie lieben und mit dem sie vor dem Alter keine Angst haben müssen. Wir suchen einfach nur das Glück.«

Zurück ins Paradies?

Das Gespräch mit Schischi Baum hatte mich beeindruckt. Er hatte den Sinn des Lebens auf den Punkt gebracht. *Wir su-*

chen einfach nur das Glück – das war ein schöner Satz. Felix Mohr hatte dabei wohl einige Umwege genommen und in den falschen Ecken nachgeschaut, um es dann doch nicht zu finden.

War ich eigentlich glücklich? Es war lange her, dass ich mir diese Frage gestellt hatte. Hatte ich Angst vor der Antwort? Und was war mit den anderen? War Friedemann Kleist glücklich? Anneliese Schmitz? Oder gar Mäggi? Ich hatte keine Ahnung.

Im Großraumbüro empfing mich Wayne mit einer spannenden Nachricht. Auf das Bierstädter *Café Stoßseufzer,* von dem ich vor wenigen Minuten zum ersten Mal gehört hatte, war ein Anschlag verübt worden.

»Warum hast du mich nicht sofort angerufen?«, fragte ich.

»Hab ich doch«, verteidigte er sich. »Da war nur die Mailbox dran.«

»Sorry. Mein Smartphone lag im Spind bei *Corposana.* Ich war turnen.«

»Bist du krank, Grappa-Baby? Du vermeidest doch sonst jede unnötige Bewegung.«

»Ich lache später. Was weißt du?«

Er berichtete kurz. Mitten in seinen Bericht platzte Schnack.

»Aha, dann wissen Sie ja schon Bescheid. Es ist sogar von Verletzten die Rede. Sie beide fahren raus und schauen sich vor Ort um. Ich reserviere achtzig Zeilen inklusive Bilder.«

»Aye, aye, Sir«, salutierte ich.

Schnack zog die Augenbraue hoch. Er wusste nie, wie er auf meine Ironie reagieren sollte.

»Wenn der Kerl immer so pflegeleicht wäre wie bei schwulen Themen«, seufzte ich, als er gegangen war, »dann wäre er als Chef gar nicht mal so übel.«

»Jeder hat sein Hobby«, meinte Wayne. »Ab mit uns, Grappa.«

Während der Fahrt fragte ich: »Bist du eigentlich glücklich?«

Wayne sah mich entgeistert an. »Wie meinst du das denn?«

»So, wie ich gefragt habe. Bist du glücklich?«

Er atmete tief aus. »So richtig glücklich – vom Gefühl her?«

»Genau.«

»Ich bin zufrieden«, antwortete er nach einigen Minuten des Schweigens. »Ich habe einen guten Beruf, muss nicht hungern, bin gesund und habe Spaß am Leben. Meinst du das?«

»Irgendwie nicht. Das sind ja Äußerlichkeiten. Ich meine – so tief in dir drin.«

»Mh. Also – ich bin sehr zufrieden mit mir und meinem Leben. Ob das Glück ist, weiß ich nicht. Beantwortet das deine Frage?«

Ein Krankenwagen mit Sirene kam uns entgegen.

»Ich suche schon mal einen Parkplatz«, meinte Wayne. »Da hinten ist alles abgesperrt. Siehst du die rot-weißen Bänder?«

Das *Café Stoßseufzer* befand sich im Erdgeschoss eines ehemaligen Kaufhauses. Die Wand zierte ein Regenbogen, das Zeichen für eine kunterbunte Welt, in der jeder seinen Platz finden sollte.

Fernsehteams bauten ihre Stative auf. Das Schaufenster lag in Scherben auf der Straße und im Innenraum qualmte es. Feuerwehrleute hantierten mit Löschern und die Polizei drängte Schaulustige zurück.

»Sieht nach einer Explosion aus«, meinte Wayne.

Ein bestialischer Geruch nach faulen Eiern drang aus dem kaputten Fenster.

»Stinkbomben! Boah, ist das widerlich.« Ich drückte mir ein Taschentuch vor die Nase.

Pöppelbaum roch es jetzt auch, er würgte kurz, beherrschte sich und machte seinen Job.

Ein Polizeiwagen hielt vor dem Café und Friedemann Kleists lange Beine traten auf die Glassplitter.

»Da ist er ja«, grinste Wayne. »Bist du jetzt glücklich?«

»Ja, besonders, weil er den Pressesprecher mitgebracht hat«, antwortete ich. »Den werde ich nämlich gleich löchern.«

Kleist grüßte mich kurz und begab sich mit dem Pressefuzzi zum Einsatzleiter.

Ich wartete zehn Minuten und näherte mich dann der Gruppe. Dort standen bereits die Kollegen von Radio und TV.

»Hallo, die Herren. Was ist hier passiert? Wie viele Verletzte? Und – wer war es?«

»Schwefelwasserstoffbomben und ein Wurfbrandsatz, dazu das Bekennerschreiben einer homofeindlichen Gruppierung«, tat der Pressebeamte kund. »Zwei Menschen erlitten leichte Verletzungen und wurden ins Krankenhaus verbracht.«

»Hat jemand die Attentäter gesehen?«, fragte ich.

»Die Zeugenbefragungen sind noch nicht abgeschlossen.«

»Sie werden doch wissen, wie Molotowcocktail und Stinkbomben in das Café gekommen sind?«, hakte ich nach.

»Sie wurden durch ein kleines Fenster in den Innenraum geworfen«, erklärte Kleist. »Es wurden drei Männer beobachtet, schwarz gekleidet und mit Skimasken vermummt. Ein Zeuge hat einen Wagen mit laufendem Motor in der Nähe beobachtet. Mit dem sind die Täter verschwunden.«

»Vielen Dank, Herr Hauptkommissar«, lächelte ich.

»Wer hat das Bekennerschreiben unterzeichnet?«, fragte ein Fernsehkollege.

»Eine Gruppe, die sich *Return to Paradise* nennt.« Der

Pressemann wurde zugänglicher. »Sie ist ein Ableger einer russischen Antischwulen-Bewegung, die sich in den letzten Monaten durch erhebliche Gewalttaten hervorgetan hat und neuerdings auch in Deutschland aktiv ist.«

»Was stand in dem Schreiben? Wurden Forderungen gestellt oder weitere Anschläge angekündigt?«

»Das Schreiben muss genau analysiert werden«, machte Kleist der Pressekonferenz ein Ende. »Wir werden die Medien zu gegebener Zeit über weitere Fakten informieren. Und jetzt entschuldigen Sie uns bitte.«

HOMOPHOBE GEWALT GEGEN *CAFÉ STOSSSEUFZER*

titelte ich eine Stunde später.

In Bierstadt ist es lebensgefährlich, den Regenbogen zu zeigen. Eine Gruppe unbekannter Gewalttäter hat heute das Café angegriffen, dessen Regenbogensymbol für eine tolerante Welt steht, in der alle Menschen jedweder Couleur ihren Platz finden sollten. Die Angreifer warfen einen Brandsatz und mehrere Stinkbomben durch die Scheibe der Einrichtung, die von der Aidshilfe betrieben wird und auch Sitz der Beratungsstelle *Klemmschwestern* ist. Drei Menschen wurden leicht verletzt.

In einem Schreiben bekennt sich eine homophobe Gruppe mit dem harmlosen Namen *Return to Paradise* zu dem Angriff. Nach Auskunft der Ermittlungsbehörden hat diese Gruppe ihren Ursprung in Russland.

Der Schwulen-Hass, der jetzt auch Bierstadt erreicht hat, wurde durch das Gesetz gegen Homo-Propaganda der Putin-Regierung ausgelöst. Schwule, Lesben, Bisexuelle und transident lebende Menschen sind ihres Lebens nicht mehr sicher, immer wieder kommt es zu Gewalt gegen sie.

Die *Deutsche Aidshilfe* hat in einer Stellungnahme Folgendes erklärt: »Die Rechte von Menschen, die nicht der heterosexuellen Norm entsprechen, werden von der russischen Regierung und Teilen der russischen Gesellschaft mit Füßen getreten. Homophobie tötet! Wir dürfen die Opfer der Gewalt und die demokratischen Kräfte in Russland nicht alleine lassen. Politik und Wirtschaft demokratischer Länder stehen in der Pflicht, gegenüber der russischen Regierung klar Position zu beziehen. Für die Gewalttaten sind auch Politiker und religiöse Führer verantwortlich, die den Hass aufgrund sexueller Orientierung und geschlechtlicher Identität schüren. Der Angriff in Bierstadt zeigt, dass dieser Hass auf Schwule und Lesben eine neue Dimension erreicht hat.«
Die Ermittlungen werden mit aller Schärfe geführt. Hauptkommissar Dr. Friedemann Kleist wurde vom Landeskriminalamt nach Bierstadt abgeordnet, um die lokalen Polizeikräfte zu unterstützen. Er baut zurzeit in der Landeshauptstadt eine Anti-Terror-Einheit auf.

Was weiß Facebook?

Kleist würde den Abend im Büro verbringen – teilte er mir per SMS mit. Alleinsein am Abend war ich gewöhnt. Ich schnappte mir ein Glas Wein, platzierte mich vor den Rechner und loggte mich wieder in die *Prinzenbörse* ein. Ob es der Polizei gelungen war, das Passwort von *Badgay* zu knacken? Ich wusste, dass die Behörden die gesetzliche Möglichkeit hatten, beim Betreiber der Seite Einblick in Profile zu erhalten, wenn es strafrechtlich relevant war.

Aber die meisten Leute haben keine Fantasie, wenn sie Passwörter definieren. Ein Versuch, es zu erraten, lohnt sich oft. Ich rief *Badgays* Steckbrief auf. Das Profil existierte noch, doch leider konnte ich nicht feststellen, wann es zuletzt aktiviert worden war. Ich machte für alle Fälle erneut einen Screenshot, um später Änderungen feststellen zu können. Dann loggte ich mich aus und gleich wieder ein – unter dem Namen *Badgay*.

Password – forderte die *Prinzenbörse.*

Ich probierte auf gut Glück einige Begriffe, die mir spontan einfielen: *Felix, Mohr, Gundi* – sie waren falsch.

Klemmschwester, schwul, Schischi ebenfalls. Nein, so wurde das nichts. Ich probierte noch einige weitere Wörter, die im Zusammenhang mit Mohr eine gewisse Relevanz hatten. *Journalist, Reporter, Russland* … nichts.

Ich schaute in meinen Mailaccount. Meine zahlreichen *Facebook*-Freunde, von denen ich höchstens zehn Prozent persönlich kannte, hatten irgendwelche Seiten oder Postings geliked und *Facebook* hatte mir das mitgeteilt. Ich löschte etwa dreißig Mails, ohne sie geöffnet zu haben. Datenmüll.

Ich klickte mich zu *Facebook* und gab den Namen *Felix Mohr* in die Personensuche ein. Fehlanzeige. Unter seinem realen Namen war er nicht registriert.

In der Werbeleiste machte *Corposana* Werbung für die Sportkurse und man forderte mich auf, die Seite zu meinen Favoriten hinzuzufügen. Woher wusste *Facebook*, dass ich Kontakt zu der Muckibude hatte? Ich hatte zwar die Seite des Sportstudios angeschaut, doch nicht über *Facebook.* Gab es Verbindungen zwischen meinem Internetanbieter und *Facebook*? Beobachtete irgendein NSA-Fuzzi in den USA meine Netzaktivitäten?

Ein zweites Glas Wein entspannte mich wieder. Ich loggte mich bei *Facebook* aus und ging erneut auf die Schwulenseite. Die forderte noch immer das Passwort für *Badgay*.

Corposana, tippte ich, ohne nachzudenken, und drückte die Returntaste. Bingo – ich war drin!

Tiere und Kinder kommen immer gut

Kleist kam im Morgengrauen nach Hause, fiel ins Bett und schlief erschöpft ein. Ich ließ ihn in Ruhe, auch Polizeikommissare brauchten ihren Schlaf. Zwei Stunden blieb ich selbst noch liegen, doch dann hielt mich nichts mehr im Bett. Die ganze Nacht hatte ich *Badgays* Mailverkehr mit verschiedensten Chattern gelesen und wieder hatte ich Probleme damit zu verstehen, wie sich ein Mensch jahrelang so verstellen konnte, wie der Tote es getan hatte.

Ob sich in Mails Hinweise auf den Mörder fanden, hatte ich in der Nacht nicht klären können. Zu überwältigend war die Menge der Kontakte, die Mohr gepflegt hatte. Die Fotos, die er mit anderen austauschte, waren alles andere als harmlos. Schwule Pornografie.

Aber sie alle suchen ja nur ein Stückchen Glück, dachte ich. Freilich sah es bei Mohr so aus, als wenn er sich mit zwanzig Zentimetern Glück zufriedengegeben hatte.

Ich duschte und ging ohne Frühstück aus dem Haus. Schnell noch vorbei in der Bäckerei und dann zur Arbeit.

Im Laden der Kurzdialog.

»Hallo, Frau Schmitz, wie isses?«

»Muss. Und selbst?«

»Muss. Kleines Frühstück, bitte. Kaffee, Brötchen mit Tomate und Ei und gut ist. Bin spät dran.«

»Kriegste, Frau Grappa.«

Nach zehn Minuten war alles erledigt. Dafür stand ich dann zehn weitere Minuten im Stau. Verdammt, fluchte ich. Schnack hatte angekündigt, dass ihm die heutige Konferenz sehr wichtig sei, und ich würde wieder mal zu spät kommen.

Aber der Chef war selbst unpünktlich, denn er stieg gerade erst aus dem Auto, als ich auf den Parkplatz fuhr. Vor dem Stau sind eben alle Menschen gleich.

»Wir müssen uns Gedanken zu einer Sommerserie machen«, sagte Schnack. »Damit wir gut über die Sauregurkenzeit kommen. Wir produzieren eine Seite weniger am Tag – das spart Kosten. Also los, liebe Kolleginnen und Kollegen. Ich erwarte Ihre Vorschläge.«

Praktikant Kevin meldete sich. »Irgendwas mit Tieren oder Kindern. Das kommt immer gut«, sagte er forsch.

Ich grinste.

»Und was genau mit Tieren oder Kindern?«, hakte Schnack nach.

»Wir stellen Tiere aus dem Tierheim vor, die ein neues Zuhause suchen«, antwortete Kevin schon kleinlauter.

»Das geht auch mit Kindern«, rief Simon Harras aus. »Der kleine Kevin aus dem Kinderheim *Sonnenschein* sucht Familienanschluss. Er schmutzt nicht, ist mit Wasser und Brot zufrieden und geimpft.«

»Ich muss doch sehr bitten!«, ging Schnack dazwischen. »Jeder Vorschlag hat eine Existenzberechtigung. Keine solche Kritik beim Brainstorming. Weitere Ideen?«

»Ungelöste Kriminalfälle«, sagte ich. »Davon gibt es in der Region ja einige. Ich könnte sie auflisten und mit den Beteiligten sprechen. Wie sich ihr Leben nach der Tat verändert hat oder so.«

»Hört sich nach einer positiven, leichtfüßigen Serie an, die das Lebensgefühl im Sommer bestens begleitet«, griente Harras.

Was war bloß los mit ihm? So destruktiv war er selten.

»Haben Sie denn vielleicht – außer ironischen Kommentaren – etwas zum Thema beizutragen, Herr Kollege?«, fragte Schnack ärgerlich.

»Aber ja. Homestorys. *Zu Hause bei* … und dann stellen wir außergewöhnliche Lebensentwürfe vor. Da gibt es beispielsweise den schwulen Abgeordneten, der mit seinem Sperma eine Lesbe befruchtet, die dann ein Kind austrägt, das er mit seinem Lebenspartner großzieht. Den alten Mann, der die Tochter seiner polnischen Pflegerin heiratet, damit die Rente nicht verfällt, wenn er tot ist. Oder die Blinde, die mit dem Taubstummen zusammenlebt.«

Schnack schaute Harras an, als habe er sie nicht alle.

»Sie kann ihn nicht sehen und er sie nicht hören«, sinnierte ich. »So stelle ich mir eine harmonische und sehr dauerhafte Ehe vor.«

Gekicher.

»Freibadtest«, warf Bärchen Biber in die Runde. »Ich mache eine Tour durch die Freibäder der Region. Lasse mir die Besonderheiten zeigen. Natürlich personalisiert – vielleicht an den Schwimmmeistern festgemacht.«

»Ja, aber nimm nur die besonders jungen knackigen mit Waschbrettbauch«, lästerte Harras weiter. »Damit unsere schwulen Abonnenten Grund zur Freude haben.«

Bärchen ließ sich nicht provozieren: »Ich erstelle für jedes Bad eine Checkliste. Sauberkeit, Funlevel, Kosten, Freundlichkeit des Personals und so weiter. Und wir nehmen natürlich Vorschläge und Kritik unserer Leser entgegen.«

Schnack nickte. »Das scheint mir ein brauchbarer Vorschlag zu sein.«

»War klar, dass ihm so was gefällt«, flüsterte Wayne mir zu.

Auch Mäggi Wurbel-Simonis hob die Hand. »Ich könnte über die kleinen Bühnen schreiben, die keine öffentlichen Zuschüsse erhalten.«

»Haben die nicht Sommerpause?«, fragte Schnack irritiert.

»Die Freilichtbühnen nicht, die spielen ja nur im Sommer. Und die Kleinkunstbühnen sind auch aktiv, weil bei ihnen hauptsächlich Ehrenamtler arbeiten.«

»Na ja. Nicht massenkompatibel. Ich werde mir Ihre Vorschläge aber alle durch den Kopf gehen lassen«, beendete Schnack das Brainstorming. »Und jetzt reden wir über das Tagesgeschäft. Sie, Herr Kollege Harras, kommen bitte sofort nach der Konferenz in mein Büro.«

»*Massenkompatibel* scheint Schnacks neues Lieblingswort zu sein«, sagte ich zu Wayne in der Kaffeeküche. »Und Harras bekommt ernsthafte Probleme, wenn er so weitermacht mit seiner Hetze.«

»Er mag Homos nicht und zeigt das eben. Das Recht der freien Meinungsäußerung gilt auch für den Kollegen. Soll er mit seiner Meinung hinterm Berg halten, nur weil unser Chef zufällig schwul ist?«

»Seine Scherze sind mir eine Spur zu hämisch.«

»Mensch, Grappa«, regte Wayne sich auf. »Sonst bist du doch selbst nicht so pingelig. Du lässt keinen guten Witz aus – egal, gegen wen er sich richtet.«

Ein Sänger hat keine Probleme

Wayne hatte recht. Ostfriesenwitze, Blondinenwitze, Ärztewitze – ich war immer dabei. Nur bei Schwulen-, Juden- und Behindertenwitzen machte ich schlapp. Ostfriesen, Blondinen und Ärzte wurden aber nicht verfolgt oder gar getötet. Das ist der Unterschied, dachte ich.

Ich zog mich zurück und öffnete das *Badgay*-Profil, um

mir den Rest anzusehen. Aus den Mails, die ich nun las, ging hervor, dass Felix Mohr einige der Männer getroffen und seine Natursekt-Leidenschaft ausgelebt hatte – es gab gegenseitige Dankschreiben und sogar Fotos von den Treffen. Aber die Kontakte schienen über einmalige Treffen nicht hinausgegangen zu sein.

Mohr hatte unter seinen *Favoriten* nur zwei Nicks gespeichert. *Nicegayman* und *SweetSixteen.* Der erste war um die sechzig und hatte viele Fotos von sich veröffentlicht. Irgendwie kam er mir bekannt vor. Ein Foto zeigte ihn in den Sitzen des Bierstädter Opernhauses.

Mäggi! Sie kannte alle Sänger und Schauspieler der Stadt. Ich druckte das Bild aus und fand die Kollegin im Großraumbüro.

»Sag mal, kennst du diesen Mann? Wer ist das?«

Sie wechselte die Brille und betrachtete die Aufnahme. »Das ist Jonas Beck«, sagte sie. »Er singt gerade die Hauptrolle in *Anatevka* im Opernhaus. Man hat ihn kürzlich zum Kammersänger befördert. Ein brillanter Tenor! Warum fragst du?«

Sollte ich ihr die Wahrheit sagen? Ja.

»Er ist in einem Gayforum aktiv. Ich recherchiere doch gerade den Mord an Felix Mohr.«

»Er ist schwul, stimmt. Aber das wissen alle. Er macht keinen Hehl daraus. Hat er etwas mit dem Mord zu tun?«

»Das kann ich nicht sagen. Ich überprüfe einige Personen, mit denen Mohr Kontakt hatte.«

Mäggi betrachtete das Foto noch mal. »Ein attraktiver, sympathischer Mann und ein außergewöhnlich guter Sänger«, seufzte sie. »Schade, dass er vom anderen Ufer ist.«

Sollte ich ihr erzählen, dass Beck Nacktfotos von sich gepostet hatte und junge Männer suchte, deren Zehen er lutschen durfte? Nein. Mäggi lebte in einer anderen Welt, in der triebhafte Sexualität grundsätzlich keinen Platz hatte.

Mohr hatte mit Beck zwar hin- und hergemailt, doch nichts deutete auf eine tiefergehende Beziehung hin. Bei *SweetSixteen* sah das nicht anders aus. Der Chatter behauptete, sechzehn zu sein, und hatte Fotos gepostet, die einfach zu perfekt waren, um der Wirklichkeit zu entsprechen. Aber sie bedienten wahrscheinlich feuchte Träume: dunkles Haar, helle Haut, volle Lippen, Mädchenkinn, unschuldiger Blick mit einer Spur Geilheit, Waschbrettbauch, vollständig rasiert und mit erigiertem Penis unter dem Designerslip.

Merkwürdigerweise fand ich noch nicht einmal einen Mailverkehr zwischen Mohr und *SweetSixteen*. Hatte Mohr den Jungen einfach nur aus der Ferne angeschwärmt?

Ich sah mir den Text in Mohrs Profil noch einmal an.

Suche Mitspieler (gern mehrere), die ohne Ankündigung und ohne vorherigen Chat vorbeikommen, schellen und sofort und ohne Hemmungen die Säfte (Cum und NS) fließen lassen. Poppers vorhanden.

Das war ziemlich eindeutig. Mohr hatte keinen Wert auf langes Kennenlernen gelegt.

So kam ich nicht weiter. Ich stocherte in einem dichten rosa Nebel. Friedemann Kleist musste mir helfen – er hatte Zugang zu Fakten, die ich nicht kannte.

Ich loggte mich aus, fuhr den Rechner herunter und packte meine Sachen.

Den Rest des Nachmittags verbrachte ich in der Buchhandlung. Ich fand eine recht ansehnliche Abteilung mit Büchern über Homosexualität und blätterte mich durch das

Angebot. Dann fuhr ich heim. Würde ich dort meinem Lieblingskommissar begegnen?

Gespräche über Herrn Grappa

Kleist war tatsächlich zu Hause, hatte gekocht und wartete auf mich wie ein braver Ehemann.

»Daran könnte ich mich gewöhnen«, sagte ich und schnupperte. »Riecht nach Basilikum und Pasta. Salbei. Richtig?«

»Korrekt. Du hast ein feines Näschen. Ein Gläschen Prosecco, die Dame?«

»Bevor ich mich schlagen lasse.«

Er ging zum Kühlschrank, holte meinen Lieblingsperlwein aus Valdobbiadene hervor und schenkte ein.

»Wunderbar!«, rief ich aus. »Das will ich jetzt jeden Abend haben. Gib deinen Job auf und verdinge dich bei mir als Hausmann. Gegen Mindestlohn, Kost und Logis frei. Was sagst du zu meinem Angebot?«

»Wenn die Ermittlungen sich weiter so hinschleppen, werde ich wohl auf dein Angebot zurückkommen müssen.«

Das klang nicht so gut. »Was ist passiert?«

»Diplomatische Verwicklungen«, antwortete er und entledigte sich der Schürze mit der Aufschrift *Ich lasse nichts anbrennen,* die ich ihm vor Monaten geschenkt hatte.

»Aber lass uns erst in Ruhe speisen. Voilà, die Vorspeise. Einfach und immer wieder gut!«

Tomaten mit Mozzarella und Basilikum. Genauer gesagt: Ochsenherz-Tomaten mit Büffel-Mozzarella und Provence-Basilikum aus dem Garten. Dazu eine Vinaigrette aus Dattelbalsam, Olivenöl, Salz, Pfeffer und einem Esslöffel Tomatenmark.

»Moment«, sagte er, erhob sich und ging in den Flur.

Wenig später ertönte Musik. *Wish you were here* von *Pink Floyd.* Uralt, aber geiles Stück und gut fünf Minuten Erinnerung an wilde Jungmädchenjahre.

»Wo warst du, als du diesen Titel zum ersten Mal hörtest?«, fragte ich.

»Das war kurz vor dem Abitur. Eine laue Sommernacht am See. Falter an den Laternen und ein nettes Mädchen, das zu viel Lambrusco aus einer Korbflasche getrunken hatte und nicht mehr aufrecht stehen konnte.«

»Hast du sie verführt?«

»Dazu war sie zu betrunken. Und ich war immer schon ein vollendeter Kavalier.«

Er nahm sein Wasserglas und prostete mir zu.

»Und jetzt du«, forderte er mich auf.

»Ich hatte damals gerade geheiratet. Herrn Grappa. Ich arbeitete bei einer Zeitung und er buk Pizza. Aber nur, wenn ihm danach war. Er liebte das Leben und hatte immer einen Scherz auf den Lippen, wenn jemand Forderungen an ihn stellte. An dem Abend, als ich mich entschied, ihn zu verlassen, legte er diesen Song auf.«

»War er charmant?«

»Aber ja. Er hatte so eine unbefangene Leichtigkeit, auf Menschen zuzugehen. Das gefiel mir. Ich werde diese Leichtigkeit leider nie haben.«

»Das üben wir noch. Was ist aus Herrn Grappa geworden?«

»Keine Ahnung.«

Shine on you crazy diamond – noch so ein Hammer-Titel.

»Es folgt die Pasta«, kündigte Kleist an. »Tortellini mit in Butter gebratenem Salbeiblättern und *Pecorino pepato*.«

Er servierte das Angekündigte.

»Ich komme mit meinen Recherchen auch nicht weiter«,

nahm ich seine Eingangsbemerkung auf. »Gibt es Neues über den Anschlag auf das *Café Stoßseufzer?*«

»Nicht viel. Aber die Kriminaltechnik ist noch nicht fertig mit den Untersuchungen. Zurzeit werden die Scherben der Molotowcocktails auf Fingerabdrücke untersucht. Aber ich glaube nicht, dass es uns weiterbringt.«

»Und der Bekennerbrief?«

»Auf dem Papier sind keine Fingerabdrücke. Im Text gibt es keine Umlaute. Vielleicht soll das auf eine ausländische Herkunft der Täter hinweisen. Aber das kann auch eine absichtlich gelegte falsche Spur sein. Das Papier stammt aus Deutschland.«

»Was steht denn nun in dem Brief?«, fragte ich. »Bisher habt ihr euch ja sehr bedeckt gehalten.«

»Der Anschlag wird als Rache für Felix Mohr bezeichnet.«

»Das verstehe ich nicht. *Return to Paradise* ist doch eine Antischwulen-Gruppe. Und Mohr war schwul – wieso wollen die ihn rächen?«

»Vielleicht haben die nicht mitbekommen, dass Mohr ein falsches Spiel getrieben hat. Aber bevor du mich weiter aushorchst«, sagte Kleist, »serviere ich das Kaninchen. Es trocknet im Backofen vor sich hin und wartet dringend auf seine Verspeisung.«

Der Mümmelmann war so zart, dass das rosa Fleisch von den Knochen fiel. Die Senfsoße hatte einen markanten Honiggeschmack. Lecker!

»Sex ist ja schön«, sinnierte ich. »Aber gutes Essen kommt gleich danach. Und wahrscheinlich ändern sich meine Prioritäten ins Gegenteil, wenn ich steinalt bin.«

»Noch gibt es keine Anzeichen dafür«, grinste er. »Leider hab ich keinen Nachtisch. Tut es auch ein Espresso?«

Ich sah ihm zu, wie er die Maschine bediente. Ich fand

Männer, die ihre Hände gekonnt einsetzten, immer schon sexy.

Kleist stellte die Espressotässchen auf den Tisch. »Ich muss dir noch etwas sagen, aber du musst es zunächst vertraulich behandeln.«

Das klang gut. »Na, klar«, stimmte ich zu. »Ich kann schweigen wie ein Grab.«

Er schaute mich zweifelnd an. »Wir haben das Ergebnis der abschließenden Analyse der Flüssigkeit, die Mohr eingeflößt wurde. Es war ziemlich kompliziert, deshalb hat es so lange gedauert.«

»Und?« Ich brannte vor Neugier.

»Eine Mischung aus vielem. Wasser, Urin, Schleim und andere unappetitliche Sachen. Ziemlich eklig.«

»Zum Glück haben wir ja schon gegessen«, stellte ich fest. »Hat man von irgendwelchen Bestandteilen die DNA feststellen können?«

»Ja.«

»Und?« Kleist machte es spannend.

»Die Flüssigkeiten stammen unter anderem von Elefant, Zebra, Affe.«

»Wie bitte?« Dann dämmerte es mir. »Der Zoo!«, rief ich aus. »Die Mörder haben sich das Zeug im Zoo besorgt! Und im Zoo arbeitet der künftige Ehemann von Schmattkow.«

»Sehr gut«, lobte der Kommissar. »Wir haben Tobias Großebohm ausführlich vernommen. Er bestreitet, Mohr gekannt zu haben, und wir haben bisher keinen Anhaltspunkt, ihm nicht zu glauben.«

»Aber Mohr hat doch öffentlich gegen seine Heirat polemisiert! Und dann will er nicht wissen, wer das ist?«

»Natürlich hat Großebohm diese Artikel gelesen«, entgegnete Kleist. »Aber einen direkten Kontakt gab es nicht.«

»Dann hat Großebohm vielleicht jemanden angestiftet, Mohr dieses schreckliche Gemisch einzuflößen oder ihn gar zu töten.«

»Welches Motiv sollte er haben? Er heiratet Schmattkow und hat damit ausgesorgt. Der Russe hat genug Geld beiseitegeschafft, um beiden ein luxuriöses Leben zu garantieren, da kannst du sicher sein. Warum sollte Großebohm sich an einem Provinzschreiberling vergreifen?«

»Ja. Auf den ersten Blick hat er kein Motiv.«

»Ich habe die Vernehmung selbst geführt. Großebohm wirkt nicht aggressiv, sondern eher naiv. Ein sympathischer junger Mann. Er ist bei seinen Kollegen ausgesprochen beliebt und auch seine Vorgesetzten äußern sich nur positiv über ihn.«

»Wie sind die Mörder dann an die Ausscheidungen der Tiere gekommen? Sie müssen ja zumindest Kontakte in den Zoo haben.«

»Es muss ja nicht der Bierstädter Zoo sein. Und selbst wenn: Jeder Besucher hat Zugang zu den Misthaufen. Die Ställe der Tiere werden regelmäßig gesäubert, da läuft Urin ab. Ich habe mir das angesehen. Es gibt neben den Misthaufen eine Abflussrinne. Man muss nur einen Eimer darunterstellen.«

»Jetzt wird mir doch noch schlecht«, bekannte ich. »Wo hält sich *Hot Tobi* denn zurzeit auf?«

»Wir haben ihn und Schmattkow sicher untergebracht, das sagte ich doch schon.«

»Ich würde ihn zu gern interviewen.«

Kleist schüttelte den Kopf. »Nicht, solange er in Gefahr ist.«

»Echt nicht?«

»Sei kein Quengelkind!«, lächelte er. »Aber ich habe ein anderes Bonbon für dich.«

Ich sah ihn fragend an.

»Als das *Café Stoßseufzer* überfallen wurde, hielt sich Ottmar Santana Krumbiegel ganz in der Nähe auf.«

»Das ist ja spannend. Woher wisst ihr das?«

»Durch eine Videoaufzeichnung. Direkt neben dem Café befindet sich ein Juweliergeschäft, oder sagen wir lieber: eine Gold-an- und -verkaufsbude. Deren Besitzer hat eine Überwachungskamera angebracht, die auch die gegenüberliegende Straßenseite erfasst. Wir haben die Nummernschilder der dort parkenden Autos überprüft. Und einer der Halter ist …«

»… Ottmar Santana«, vervollständigte ich den Satz. »Zufall oder mehr?«

»In seiner Vernehmung gab er an, den Friseur in der Straße aufgesucht zu haben. Der bestätigt das. Santana hat den Überfall von seinem Stuhl aus beobachtet. Aber erkannt hat er natürlich niemanden.«

»Die Täter waren ja auch vermummt«, sagte ich.

»Trotzdem ist etwas merkwürdig«, machte Kleist weiter. »Santana hat unmittelbar vor dem Überfall einen Anruf getätigt. Das wissen wir von dem Friseur, der aber leider nicht mithören konnte, was gesprochen wurde. Und als der Überfall passierte, hat Santana sein Handy draufgehalten und gefilmt oder fotografiert, sagt der Haareschneider. Und jetzt kommt das Merkwürdige: Santana kann sich nicht erinnern, so etwas getan zu haben.«

»Er hasst die Polizei«, erklärte ich. »Von dem Schlüssel hat er euch auch nichts erzählt. Soll ich mal mit ihm reden?«

»Das wäre hilfreich. Noch einen Kaffee?«

»Lieber nicht, sonst kann ich nicht schlafen.«

Ich überlegte kurz, griff zum *Tageblatt* und blätterte den Veranstaltungskalender auf.

»Ich weiß jetzt, warum er sich seine Rastalocken hat aufpimpen lassen. Hier! Morgen Abend spielt seine Band in der Nordstadt. Gehen wir zusammen hin?«

»Ich kann leider nicht«, antwortete Kleist. »Ich muss nämlich noch heute Abend zurück nach Düsseldorf. Wichtige Besprechungen. Mein Fahrer müsste jeden Augenblick eintreffen.«

»Ach, deshalb das gute Essen. Schade. Wir hätten Ottmar klarmachen können, dass du ein netter Mann bist, Kleist.«

»Nimm einen deiner Kollegen mit«, schlug er vor. »Dann hast du männlichen Schutz und kommst mir nicht unter die Räder.«

Ich lachte. »Die Männer, die in diesem Etablissement verkehren, tun mir nichts. Der Klub trägt den hübschen Namen *Stammhalter* und ist ein angesagter Schwulenklub.«

»Stille Tage in Cliché«, grinste Kleist. »Lassen die dich dort überhaupt rein?«

»Warum nicht? Wer von anderen Toleranz verlangt, kann mich ja nicht wegen meiner sexuellen Orientierung diffamieren, oder?«

Es klingelte. Der Fahrer war da.

Gemeinnützige Hetze

Am Morgen beseitigte ich die Spuren des Abendessens, frühstückte lange, frischte die Farbe meiner Haare auf und nahm ein Schönheitsbad. Mich herzurichten dauerte mit den Jahren immer länger. Früher brauchte ich fünf Minuten fürs Gesichts-Make-up, heute waren es schon zehn.

Aber wirkliche Sorgen machte ich mir deswegen nicht, wusste ich doch aus sicherer Quelle, dass die halbwüchsigen

Töchter meiner Bekannten drei Stunden vor dem Spiegel verbrachten, bevor sie sich aus dem Haus trauten.

Ich rief nacheinander Wayne und Simon an. Beide waren einverstanden, mich abends zu begleiten. Wir machten das Verlagshaus als Treffpunkt aus, um dort ein Taxi zu nehmen.

Ich äußerte mich nicht zum abendlichen Programm. »Eine Überraschung.«

»Hoffentlich keine Klassik«, meinte Harras.

Das konnte ich mit gutem Gewissen verneinen.

Die Stunden bis zu dem Konzert nutzte ich, mir ein Bild von der *Gesellschaft für Lebensfragen* zu machen. Dass ein homophober Verein gemeinnützig sein sollte, wollte nicht in meinen Kopf.

Die Gesellschaft beschrieb ihre Ziele so:

Zweck des Vereins ist es, im umfassenden Sinn Lebensorientierung und Unterstützung aus christlicher Verantwortung in allen Bereichen des öffentlichen und privaten Lebens zu fördern. Ziel ist die Stabilisierung orientierungs- und hilfesuchender Bürger zur aktiven Bewältigung ihrer persönlichen Lebenskrisen – insbesondere die Überwindung von Identitäts- und Beziehungsstörungen.

Geschickt umschrieben, dachte ich, Schwulsein als Identitätsstörung.

Der Verein bot auch Seminare zur Heilung Homosexueller an mit dem Titel: *Schritte zur Freiheit aus zwanghaften Gefühlen*. »Homosexualität ist Krankheit aus Selbstmitleid. Homosexualität führt zu Depressionen, Angststörungen und Drogensucht« – so die Thesen des Seminarleiters, eines katholischen Pfarrers.

Die *Gesellschaft für Lebensfragen* wurde von hochrangigen

CDU-Politikern unterstützt, unter ihnen ein Exministerpräsident.

Wenigstens das: Seitdem ein Politmagazin über den Verein berichtet hatte, gab es Bestrebungen, der Gesellschaft die Gemeinnützigkeit zu entziehen.

Großer Auftritt für eine Königin

Im Taxi erzählte mir Simon Harras, dass Schnack ihn ultimativ aufgefordert hatte, seine gehässigen Bemerkungen über Schwule zu unterlassen, andernfalls drohte ihm eine Abmahnung.

»Und ich dachte, wir leben in einer Demokratie, in der freie Meinungsäußerung zu den unveräußerlichen Grundrechten gehört«, motzte er.

»Verdammt, Simon, nun jammer nicht rum«, reagierte ich ärgerlich. »Es gibt Grenzen. Was folgt denn bei dir als Nächstes? Judenwitze?«

»Ich mag Schwuchteln nun mal nicht«, brauste er auf.

»Die können dir doch egal sein«, meinte Wayne. »Jeder kann sein Ding reinstecken, wo er will. Mach dich doch mal locker, Alda.«

Das Taxi hielt. Wir bezahlten und stiegen aus. Junge Männer standen vor dem Klub, rauchten und unterhielten sich. Ich warf einen schrägen Blick auf Harras. Noch hatte er nichts gerafft. Pöppelbaum allerdings sah mich grinsend an.

»Netter Laden und netter Name«, kommentierte er. »Ich war hier schon mal. Beruflich. Ist aber Jahre her. Bisschen plüschig für meinen Geschmack, aber es lässt sich aushalten.«

»Plüschig?«, wachte Harras auf.

»Haben die noch diesen *Darkroom*?«, machte Wayne weiter.

»*Darkroom*?«, wunderte sich Harras.

»Nee, seit Aids sind die auch vorsichtig«, erklärte ich. »Der *Stammhalter* ist jetzt ein seriöser Klub. Die Inhaber zahlen ihre Gewerbesteuer an die Stadt und verbotene Prostitution findet nicht mehr statt.«

Harras schaute mich verdattert an und wollte etwas sagen.

Doch genau in diesem Augenblick hörten wir Reifenquietschen und mehrfaches Hupen. Eine schwere pinkfarbene Limousine stoppte neben uns. Die jungen Männer hörten auf zu schwätzen und sahen zum Auto.

Ein unzureichend bekleideter Bodybuildertyp im Leopardentanga und mit Nietenhalsband entstieg dem Beifahrersitz, sprintete zur hinteren Tür und riss sie auf.

»Da ist sie«, rief jemand. »Kati Komba, die Königin des schmutzigen Chansons!«

Applaus und Jubelrufe.

Sehr lange schlanke Beine in Netzstrümpfen, für die jede Frau ihre Seele dem Teufel verpfändet hätte, schoben sich auf die Straße. Den Beinen folgte ein Unterleib in knappstem Schottenröckchen und eine eingeschnürte Taille. Der Oberkörper war in eine weiße Schulmädchenbluse eingehüllt, die für den drallen Busen einige Nummern zu klein war. Endlich folgte der Kopf: ein Gesicht mit blonder Lockenperücke, stark geschminkt und eindeutig männlich. Zur Abrundung des Auftritts trug Königin Komba einen Schulranzen auf dem Rücken.

Harras machte ein Gesicht, als habe er einen Alien erblickt. Das Publikum auf der Straße johlte, lachte und applaudierte. Das übergroße Schulmädchen nickte lächelnd und winkte gnädig. Der Türsteher schob den schweren Vorhang zur Seite und verbeugte sich tief. Kati Komba verschwand im Inneren des Klubs. Eine filmreife Szene!

»Wollt ihr mich verarschen?«, fragte Harras. An seiner Schläfe pochte eine Ader.

»Nun kühl dich mal wieder ab«, riet ich. »Kati Komba ist wirklich gut in dem, was sie macht. Und am Montag kannst du Schnack erzählen, dass du aus therapeutischen Gründen in einem Schwulenklub warst und dass du es wider Erwarten überlebt hast.«

»Ich hasse deine arrogante Art, Grappa«, sagte mein Kollege mit bebenden Lippen.

»Grappa meint es nur gut mit dir«, sprang Wayne mir zur Seite. »Stell dich nicht so an. Keiner tut dir was, alle wollen nur spielen. Und wenn dich so 'ne hübsche Braut anmacht, retten wir dich und passen auf, dass du sauber bleibst.«

Ich packte Harras am Arm und zog ihn hinter mir her zum Ende der Warteschlange. Wayne folgte uns – kopfschüttelnd und in sich hineingrinsend.

Am Eingang des Klubs kontrollierten Türsteher die Besucher. Als die Reihe an uns kam, stutzten die Jungs. Wir entsprachen nicht dem Typ des restlichen Publikums.

»Was wollen Sie hier?«, fragte mich ein Lederboy.

»Musik hören«, flötete ich. »Ich bin totaler Fan von *All inclusive.* Da stört es mich auch nicht, dass ihr alle schwul seid. Ich bin ja tolerant. Ihr auch?«

Der Lederboy grinste und winkte uns durch.

»Wir hätten doch besser undercover gehen sollen, Grappa«, raunte mir Pöppelbaum zu.

»Ja, ich hätte mich als bulgarischer Stricher verkleiden können«, nickte ich, »und du als mein Zuhälter. Das hätte bestimmt gut ausgesehen.«

Eine Witwe hat sich verändert

Im Inneren des Klubs gab es Nischen mit Vorhängen, die noch geöffnet waren. Alle erlaubten einen freien Blick zur sanft erleuchteten Bühne.

»Hier«, bestimmte ich und deutete auf ein Viererséparée. Ich setzte mich und klopfte rechts und links von mir auf die gepolsterten Stühle. »Kommt zu Mama!«

Harras musterte das Polster – vermutlich suchte er Spermaflecken. Doch da war nichts zu finden, alles war sauber und adrett.

Ein junger dunkelbraun eingefärbter Kellner im Tanga erkundigte sich nach unseren Wünschen.

»Was trinkt man hier denn so?«, fragte ich.

»Champagner? Drinks? Wein?«, näselte der Süße und zückte den Block. In den Brustwarzen trug er silberne Ringe.

Harras verdrehte die Augen und wandte sich ab.

»Champagner für alle«, bestellte ich. »Aber gut gekühlt, Schnuggi!«

Der Kellner lächelte. Vielleicht hatte meine Ansprache seinen Geschmack getroffen. Er trippelte davon.

Ich schnalzte mit der Zunge. »Guck mal, Simon. Er hat wirklich einen schönen Arsch. Daran habe auch ich als Frau Spaß.«

Harras machte ein versteinertes Gesicht.

»Ich weiß gar nicht, was du hast«, klopfte ich ihm auf die Schulter. »Der Laden ist doch okay. Und schau mal: Da gibt es auch Mädels.«

»Dann guck dir die mal genauer an, du blindes Huhn!«, schnauzte er mich an.

Er hatte recht. Die Damen trugen knallenge Röcke und unter dem Nabel wölbte sich etwas Längliches.

»Nimm die Brille ab und du fühlst dich wie in einer schäbigen Nordstadtkneipe. Bei den Miezen in den Schuppen, die du gewöhnlich besuchst, ist auch nicht alles echt. Silikon-Valley«, riet ich ihm. »Und jetzt genieß den Abend.«

Der Kellner brachte den Edel-Suff: eine gute Marke und nicht überteuert, wie ich der Getränkekarte entnommen hatte. Die Flasche war bereits geöffnet. Der Kellner schenkte ein.

»Hoffentlich hat er vorher nicht reingepinkelt«, sagte Simon laut.

»Nur auf besonderen Wunsch«, entgegnete der Kellner lächelnd. »Stehst du denn auf so was, Süßer?«

Jetzt blieb Harras die Spucke weg.

»Prima Replik«, grinste ich. »Der Abend beginnt, mir zu gefallen. Und jetzt zum Wohl!«

Simon leerte das Glas in einer halben Sekunde. Wayne und ich sahen uns an und verstanden uns: Wir würden auf ihn aufpassen müssen.

»Guck mal, das da ist aber eine echte Frau«, stellte ich fest.

Ich hätte sie fast nicht erkannt. Aus dem mageren, farblosen Mauerblümchen war ein echter Hingucker geworden. Ihre Gesichtsfarbe war nicht mehr so weiß wie bei unserer ersten Begegnung, sie wirkte fülliger und ihre Haare waren keine strohigen Strähnen mehr. Auch an ihrer Kleidung hatte sie gearbeitet. Kein Schlabberlook, sondern ein schickes schwarzes Etuikleid mit goldenen Stickereien, das ihre Schwangerschaft auf attraktive Weise betonte.

Ich drückte mich an Wayne vorbei und ging zu ihr.

»Hallo, Frau Mohr. Erinnern Sie sich noch an mich?«

»Frau Grappa!« Sie schien wie vom Donner gerührt. »Was machen Sie denn hier?«

»Ich bin wegen der Band hier. *All inclusive.*«

»Ja, Nachbar Ottmar tritt gleich auf. Ich bin gespannt.«

»Wie geht es Ihnen?«

»Ganz gut«, antwortete sie verlegen. »Ich komme langsam zur Ruhe.«

»Ich bin mit zwei befreundeten Kollegen hier«, plapperte ich weiter. »Wollen Sie sich nicht zu uns setzen oder sind Sie noch mit jemandem verabredet?«

Sie schüttelte den Kopf, zögerte aber. Auf der Bühne spielte sich ein Pianist warm.

»Wir sitzen da hinten«, sagte ich und deutete auf die Nische, von der aus Wayne und Simon uns beobachteten. »Sie können es sich ja noch überlegen. Wann ist es denn eigentlich so weit mit dem Baby?«

Sie legte die Hände auf ihren Bauch, drehte sich von mir weg und flüchtete.

»Wer war das denn?«, fragte Harras, als ich mich wieder gesetzt hatte.

»Die Witwe von Felix Mohr«, erklärte ich. »Sie ist schwanger.«

»Das ist nicht zu übersehen«, stimmte Wayne zu. »Wer ist der Vater?«

»Das hat sie mir leider nicht verraten.« Ich leerte mein Glas und schenkte nach. »Sie war schon verstört genug, mich hier zu sehen.«

»Die Show geht los«, bemerkte Simon. »Boah, was ist das krank.«

Mit »krank« meinte er den Auftritt des Schulmädchens, das mit Trippelschritten auf die Bühne stöckelte.

»Ich bin die Heidemarie«, lispelte Kati Komba.

Applaus brauste auf. Die Heidemarie-Nummer schien dem Publikum nicht unbekannt zu sein.

Heidemarie plapperte irgendwelche Dönekes aus ihrem angeblichen Schulmädchenleben, die ziemlich schlüpfrig waren. Die Gags waren nicht mein Geschmack. Kölner Karneval – auf schwul getrimmt.

Nach dem Wortprogramm folgten die Gesangsnummern. Der Pianist begann zu spielen. Ein junger Mann schlenderte auf die Bühne und übergab Kati Komba einen lebenden pinkfarbenen Zwergpudel.

»Das ist Hasso«, hauchte die Künstlerin und drückte dem Tier einen Kuss aufs Krönchen. Applaus.

»Ich singe euch jetzt Hassos Lied. Es wurde geschrieben von den *Prinzen.*«

Mein Hund ist schwul, die dumme Sau, er macht nicht kläff, er macht nur wau, er isst und trinkt, er wäscht und schminkt sich nur aus Puderdöschen, trägt rosa Spitzenhöschen …

Kati Komba hob den Pudel hoch – er trug tatsächlich ein rosafarbenes windelartiges Höschen. Tobender Jubel im Publikum.

Er schmust und leckt und macht so Sachen, die echt nur schwule Hunde machen, er pinkelt niemals auf die Straße … Er ist als Pudel ein Ästhet, dem öfter mal die Nudel steht, was meistens nur im Rudel geht …

Die Besucher grölten den Refrain: *Mein Hund ist schwul, die dumme Sau, er macht nicht kläff, er macht nur wau …*

Kati Komba wiegte den kleinen Pudel in ihren Armen.

»Das ist Tierquälerei«, zischte Harras.

»Dann hol doch den Tierschutz, du humorloser Spielverderber«, zischte ich zurück.

Doch Simon benutzte nicht das Handy, sondern leerte sein Glas.

Mein Hund ist schwul, die dumme Sau, er macht nicht kläff, er macht nur wau …, wiederholten die Gäste.

Kati Komba zog ein Leckerchen zwischen den Brüsten hervor, gab es dem Hund und reichte dem Mann den Fiffi zurück. Der leinte Hasso an und verschwand mit ihm. Applaus, Pfiffe und Jubel.

»Das Hundchen scheint ganz okay zu sein«, sagte ich. »Also kein Fall für den europäischen Hundegerichtshof.«

»War doch echt lustig«, meinte Wayne. »Mit ein bisschen Selbstironie geht alles besser, meinst du nicht, Kollege?«

Harras antwortete nicht.

Kati Komba sang noch einiges mehr. Besonders hübsch war ein Chanson der Gruppe *Fettes Brot* über ›schwule Mädchen‹.

Auf entlegenen Wegen, in verregneten Städten, nach vernebelten Feten, in zertretenen Beeten, an beschädigten Theken, auf ungezählten Planeten, im täglichen Leben könnt ihr schwulen Mädchen begegnen …

Kati Komba nahm den Applaus gnädig entgegen und machte Pause. *All inclusive* wurden angekündigt.

Ja, da war auch Ottmar Santana. Seine Rastalocken waren tatsächlich gestutzt. Sein Blick blieb an mir hängen. Jemand hatte ihm wohl Bescheid gesagt, dass ich hier war – das konnte nur Gundi Mohr gewesen sein. Er nickte mir zu und lächelte.

Ich wartete, bis die Combo voll bei der Sache war, verließ das Séparée und folgte dem Hinweisschild auf die Toiletten.

Erfahrungsgemäß befanden sich dort auch die Künstlergarderoben.

An einer Tür war der Name *Kati Komba* angebracht. Ich ging weiter, ohne dass mich jemand beobachtete. Aus einem Türspalt schimmerte Licht. Ich trat näher und drückte die Tür auf. Der Raum war vollgestopft mit Kostümen, Bühnenausstattungen und Accessoires. Hinter einem Paravent saß jemand.

»Frau Mohr?«, rief ich.

Ja, sie war es. Zusammengekauert auf einem Ohrensessel, den Kopf auf die angezogenen Knie gelegt.

»Ich würde mich gern mit Ihnen unterhalten.«

Sie hob den Kopf und sagte: »Ich dachte mir schon, dass Sie kommen würden.«

Ich setzte mich auf einen Stuhl. »Wer ist der Vater Ihres Kindes?«

»Wer denn wohl?«, brauste sie auf.

»Ich weiß es nicht.«

»Hatte ich vielleicht einen Ehemann?« Sie rappelte sich vom Sessel hoch. »Felix war ein Arsch. Aber er war nicht immer so, sondern ist so geworden. Mein Kind wird seinen Pisscharakter bestimmt nicht erben.«

»Warum sind Sie hier?«

»Ich bin mit Ottmar Santana befreundet – das wissen Sie doch. Er kümmert sich um mich, weil er ein guter Mensch ist.«

»Dass die Freundschaft so eng ist, war mir nicht bewusst.«

»Sie ist auch noch enger geworden, seitdem Felix … tot ist«, entgegnete Gundi Mohr. »Und was wollen Sie hier?«

»Ich möchte mit Santana sprechen.«

»Das ist jetzt schlecht. Er spielt gerade.«

»Das weiß ich. Geht es nach dem Konzert?«

»Ich werde ihn fragen. Und nun gehen Sie, bitte. Ich will allein sein.«

Ich verließ die Garderobe. Die Band spielte immer noch. *Black magic woman.* Der Klassiker von Carlos Santana in einer neuen Instrumentierung, aber nicht minder gut.

Die Energiesparlampen im Flur spendeten nur wenig Licht. Ich beeilte mich, zurück zum Klubraum zu gelangen. Plötzlich vernahm ich ein Stöhnen. Mir gefror das Blut in den Adern. Das Stöhnen wurde lauter, als ich mich Kati Kombas Garderobe näherte. Die Tür war angelehnt. Vorsichtig schob ich sie weiter auf und gleich wieder zu. Ein junger Mann kniete vor der Künstlerin und hielt seinen Kopf vor ihrem Unterleib. Nickte er?

Er hielt inne und drehte sich um. Unsere Blicke trafen sich. Der Junge war sehr hübsch, sehr jung, sein Gesicht ähnelte dem eines Botticelli-Jünglings. Alles klar, dachte ich und verschwand.

»Wo warst du?«, fragte Harras, als ich wieder auftauchte.

»Recherche«, antwortete ich.

»Noch etwas Champagner?«, fragte er.

»Klar. Was ist los mit dir? Du bist so normal.«

»Die Band spielt echt gut«, gestand er.

»Freut mich, dass es dir gefällt. Und es klingt gar nicht schwul, oder?«

»Wir haben uns ausgesprochen«, sagte Pöppelbaum. »Simon hat einen persönlichen Grund, auf Schwule sauer zu sein. Als er drei Jahre alt war, hat sein Vater sich geoutet und die Familie verlassen. Das ist die Erklärung, Grappa.«

»Verstehe.« Ich musterte Simon. »Und alle hatten Angst, dass du auch das schwule Gen hast. Aber dieses Gen gibt es nicht – auch, wenn die Homophobiker das gerne hätten.«

»Es ist gut, Grappa«, sagte Simon. »Lass uns den Abend genießen. Ich danke euch, dass ihr mich hierher geschleppt habt. Die nächste Flasche geht auf mich.«

Den Rest des Abends amüsierten wir uns. Kati Komba trat noch einige Male auf und ihre freche, übertriebene Show begeisterte alle. Einen Song präsentierte sie sogar gemeinsam mit der Band *All Inclusive,* die überraschend leise und zart spielen konnte.

Ich bin die Rinnsteinprinzessin, Gelegenheitsbraut, küss mir das taube Gefühl von der Haut, du bist mein Prinz auf dem staubigen Pferd – morgen ist unser Palast nichts mehr wert …

Eine sehr schöne Ballade, bei der die Gäste mitsummten.

Irgendwann leerte sich der *Stammhalter* allmählich. Ob Gundi Mohr Ottmar Santana überredet hatte, sich mit mir zu unterhalten?

Wenn nicht, war es auch egal. Der Champagner hatte meine Recherchelust etwas gedämpft. Ich hatte Sehnsucht nach meinem Bett.

»Wollen wir los?«, fragte Harras.

»Ich guck mal nach einem Taxi«, bot sich Pöppelbaum an.

»Wartet mal.«

Gundi Mohr und Ottmar Santana kamen auf uns zu.

»Komm«, sagte der Musiker. »Wir können reden. Aber nur zehn Minuten. Und nur mit dir. Ich bin todmüde.«

Ein Foto mit Folgen

Ich folgte Ottmar Santana und Gundi Mohr in die Garderobe.

Er goss sich ein Glas Whiskey ein und erzählte von dem Überfall auf das *Café Stoßseufzer.* Dass er sich bei dem Friseur einen Logenplatz ausgesucht hatte, hatte einen ganz banalen Grund.

»Weil meine Karre da stand – und ich hatte gerade einen Flachbild-Fernseher gekauft. Der Karton lag auf dem Rücksitz. Den wollte ich mir nicht klauen lassen«, erklärte er.

Das klang plausibel.

»Die Typen tauchten ganz plötzlich auf«, erzählte er weiter. »Drei Männer, schwarz gekleidet. Die schmissen was ins Café, es knallte, die Leute liefen durcheinander und schrien. Ein Mann rannte auf die Straße und blutete an der Hand.«

»Und du bist ganz ruhig sitzen geblieben und hast nur zugeschaut?«, fragte ich.

»Was hätte ich denn tun sollen?«

»Die Polizei rufen?«, schlug ich vor.

»Das hatte der Friseur schon gemacht.«

»Zeugen sagen, dass du selbst noch kurz vor dem Überfall telefoniert hast.«

»Jetzt fängst du auch damit an! Die Bullen haben mich schon gelöchert. Kann sein, dass ich telefoniert hab, ja. Ist das etwa verboten?«

»Kommt drauf an, wen du angerufen hast.«

»Wie meinst du das denn?«

»Kurz nach deinem Anruf knallte es. Vielleicht könnte die Polizei glauben, dass du die Täter kennst.«

»So ein Quatsch!«, empörte sich Santana.

»Ich kann die Bullen verstehen«, sagte ich. »Du verhältst dich etwas merkwürdig. Den Schlüssel hast du verschwiegen und an das Telefongespräch kannst du dich nicht erinnern. Was sollen die denn denken?«

Er goss den Inhalt des Glases in sich hinein. »Ich habe den Bullen noch nie die Arbeit erleichtert und werde das auch jetzt nicht tun. Während ich beim Friseur saß, habe ich einige Male mein Handy benutzt, ja. Es gab noch was mit den Kumpels zu bereden wegen des Konzerts heute.«

»Und dann hast du fotografiert, was gegenüber passierte, oder?« Ich schaute ihn scharf an. »Und auch das bestreitest du.«

Er schwieg. Gundi Mohr legte ihm die Hand auf den Arm. Es war eine beruhigende Geste.

»Noch mal. Hast du den Überfall mit dem Handy gefilmt oder fotografiert?«, fragte ich.

Er zögerte. »Ich hab mal drauf gehalten«, gab er endlich zu.

»Hast du jemanden erkannt?«

»Ich habe gesehen, dass ein junger Kerl auf einen der maskierten Typen zuging und sich mit ihm unterhielt. Die sind sich nicht zum ersten Mal begegnet. Hundert pro. Und das hab ich geknipst.«

»Wie lange hat das Gespräch gedauert?«

»Nicht lange. Der Mann hat den Maskierten am Ärmel gepackt und auf ihn eingeredet.«

»Und jetzt kommt die Tausend-Euro-Frage: Wer war dieser Mann?«

»Keine Ahnung.«

»Wo ist das Foto?«, fragte ich. »Ich will es sehen.«

»Ich hab's wieder gelöscht.« Er wirkte verstockt.

»Lass mal, Ottmar, ich hab es ja noch. Ich kann es Ihnen per E-Mail schicken«, bot Gundi Mohr an.

»Das ist ein Fehler«, warnte Santana. »Du bringst uns in Teufels Küche, weißt du das nicht, Gundi?«

Doch sie ließ sich nicht beirren. »Wenn wir es nicht rausgeben, machen wir uns nur verdächtig. Was ist denn dabei?«

»Das ist die richtige Entscheidung«, lächelte ich.

»Schreiben Sie bitte nicht, von wem Sie es haben.«

»Aber veröffentlichen darf ich es?«, fragte ich ungläubig.

»Machen Sie mit dem Foto, was Sie wollen«, antwortete sie. »Aber kein Wort über Ottmar in der Zeitung. Ist das klar?«

Gundi Mohr hielt ihr Versprechen. Noch in der Nacht schickte sie mir das Foto. Ich öffnete es und fiel aus allen Wolken. Der unbekannte Mann vor dem *Stoßseufzer* war der Jüngling, der vor ein paar Stunden Kati Komba in der Garderobe beglückt hatte!

Er sah auch auf diesem Bild aus wie die hübschere Ausgabe von Botticellis *Heiliger Sebastian,* nur dass er nicht von Pfeilen durchbohrt war. Schulterlanges leicht gelocktes Haar, kastanienbraun, eine schmale lange Nase, volle Lippen und hohe Wangenknochen. Wer war dieser Mann?

Friedemann Kleist würde es herausbekommen – da war ich mir sicher.

Kaffee und Kompetenzgerangel

Am Morgen meldete sich Kleist und kündigte seine erneute Rückkehr nach Bierstadt an. Wir verabredeten uns zum Frühstück im Bistro. Sonntags öffnete die Bäckerin ihren Laden nur für ein paar Stunden, bot aber ein Frühstücksbuffet mit Leckereien an, die ich mir zu Hause aus Zeitmangel nie zubereiten würde. Zum Beispiel Rührei mit Bacon und Trüffeln, eingelegte Champignons, Schafskäse mit Kräutern in Olivenöl, Waffeln und frisch ausgepresste Säfte.

Hinter dem Tresen bediente Donka. Das bulgarische Roma-Mädchen hatte seine Prüfung als Bäckereifachverkäuferin erfolgreich abgeschlossen und war gut integriert in einer Gesellschaft, in die sie weiß Gott nicht hineingeboren war und mit der sie nicht nur Angenehmes erlebt hatte. Sie hing wie eine Tochter an Anneliese Schmitz und nahm ihr jede schwere Arbeit ab.

»Hallo, Donka.«

»Frau Grappa. Wie isses?« Sie hatte die Begrüßungsformel ihrer Adoptivmutter übernommen.

»Muss. Und selbst?«

»Muss auch. Frau Schmitz ist im Bistro.«

»Dann geh ich schon mal durch.«

Im Nebenraum füllte Frau Schmitz die Speisen nach. Der erste Ansturm der Frühstücksgäste war gerade abgeflaut.

»Hallo, Frau Schmitz. Wie isses?«

»Muss. Und dir?«

»Gut. Läuft der Laden?«

»Wie geschnitten Brot.«

»Freut mich. Hast du noch was übrig für mich? Und für ihn auch? Er kommt nämlich gleich.«

»Der Herr Doktor?«, strahlte sie. »Dann isser wieder hier? Für immer? Oder besucht er dich nur?«

»Nein, nur vorübergehend. Und beruflich. Der Mord an dem Journalisten, der Anschlag auf das Café und so weiter.«

»Dann hol dir mal was Schönes zum Frühstück, Frau Grappa. Das Rührei mach ich frisch.«

Ich sah nach draußen. Das Wetter war prächtig. Eigentlich ein Tag, um am See spazieren zu gehen oder ins Grüne zu fahren.

Frau Schmitz brachte frisches Rührei und einen Pott Kaffee.

»Wow«, machte ich und schnüffelte. Die Trüffelscheiben dufteten verführerisch.

»Da isser schon!« Frau Schmitz hatte Kleist durchs Fenster entdeckt.

Er sprach kurz mit seinem Fahrer und stieg aus. Der Wagen entfernte sich, die Klingel schlug an und da stand er schon vor dem Tresen.

»Guten Tag, Herr Doktor«, hörte ich die Bäckerin flöten. »Die Frau Grappa ist schon da.«

»Was darf's denn sein?«, rief sie ihm hinterher.

»Ich nehm das, was übrig ist«, rief er. »Guten Morgen«, lächelte er mich an.

»Schön, dass du wieder da bist.« Ich drückte ihm einen Kuss auf die Wange.

»Ich brauche dringend Kaffee«, sagte er. »Die Besprechung war absolut ermüdend und zäh. Und ein Ergebnis gibt es auch nicht.«

»So schlimm?«

»Wie das so ist, wenn deutsche Behörden zusammenarbeiten sollen«, erklärte er. »Jeder weiß es besser als der andere. Kompetenzgerangel ohne Ende. Alle wollen ihre Pfründe behalten, kein offenes Denken, keine Experimente.«

Er ging zum Buffet und bediente sich.

»Wie war das Konzert?«, fragte er dann.

»Sehr lustig und aufschlussreich. Frau Mohr ist schwanger von ihrem toten Mann und Santana hat tatsächlich ein Foto gemacht.«

»Wusste ich es doch!«

»Ich brauche einen Deal mit dir. Ein Gast des Cafés scheint einen der Täter zu kennen. Guck mal!« Ich zeigte ihm das Foto. »Santana möchte mit dem Foto nicht in Zusammenhang gebracht werden. Ich habe ihm versprochen, dass er unbehelligt bleibt.«

»Und wie stellst du dir das vor?«

»Das Foto wird im *Tageblatt* veröffentlicht. Offiziell wurde es der Redaktion zugespielt. Vielleicht ist ja eh alles nur heiße Luft.«

»Wie würdest du dich denn verhalten, wenn du zufällig in einem Café sitzt, das gerade überfallen wird?«

»Na ja, ich wäre erst mal geschockt und würde bestimmt kein Gespräch mit den Tätern suchen.«

»Eben. Wann erscheint dein Artikel?«

»Morgen Abend online und Dienstag in der Printausgabe.«

»Dann warte ich auf deinen Bericht und wir ermitteln anschließend offiziell.«

»Da ist noch was«, druckste ich.

»Aha.«

Ich schilderte ihm, was ich in der Künstlergarderobe beobachtet hatte.

Ein Besuch im Zoo

Ich informierte Schnack noch vor der Konferenz. Er verlangte, dass ich ihm den Namen des Fotografen verriet und die Umstände schilderte, unter denen das Bild gemacht wurde.

»Ich habe dem Mann Informantenschutz zugesichert«, wandte ich ein.

»Den sichere ich ihm auch zu.«

»Kann ich mich darauf verlassen?«, fragte ich mit skeptischem Blick.

»Ich bitte Sie, Frau Grappa!«, empörte er sich. »Wir sind doch beide Profis, oder?«

Bei mir war ich da sicher, aber bei ihm? Ich musste es riskieren.

»Also? Wer hat das Foto gemacht?«

»Es ist ein Zufallsschnappschuss von gegenüber. Dort saß ein Kunde beim Friseur, und als der Angriff auf das Café begann, hat er sein Handy angeworfen.«

»Und wie sind Sie an den Mann gekommen? Oder er auf Sie?«

»Wir kennen uns flüchtig und er hat mir das Foto zur Verfügung gestellt.«

»Der Name?«

Ich seufzte und verriet auch das.

»Dann lassen Sie sich eine Erklärung unterschreiben, dass Herr Santana uns die Rechte an dem Bild abtritt.«

»Ist das wirklich nötig?«, fragte ich.

»Ich möchte keine juristischen Probleme.«

»Gut. Das verzögert aber das Erscheinen des Artikels, weil ich nicht weiß, wann ich den Mann erreichen kann.«

»Sie schaffen das schon.«

Frustriert holte ich mir einen Kaffee. Eine halbe Stunde später begann die Redaktionskonferenz.

Berthold Schnack verteilte die Termine des Tages. »Es gibt heute einen interessanten Termin im Zoo«, sagte er.

Mäggi Wurbel-Simonis zog den Kopf ein. Schnack hatte ihr auch noch Umwelt und Verbraucherfragen aufs hellblaue Auge gedrückt und Tiere gehörten dazu.

»Ich kann nicht«, wehrte Wurbelchen ab. »Ich habe gleich einen Termin beim Kammersänger Jonas Beck. Er plant anlässlich dieser Homoehe eine Revue zum Thema gleichgeschlechtliche Liebe. Der Titel der Show heißt *Zungenspiele.*«

»Mir wird schlecht«, stöhnte Simon Harras.

Ich boxte ihn mit meinem Ellenbogen in die Rippen und er jaulte auf. Hatte er doch nichts aus dem Abend im *Stammhalter* gelernt?

»Ist jemand von Ihnen gewillt, den Termin im Zoo wahrzunehmen?«, fragte Schnack in die Runde.

Stille.

»Muss ich wirklich jemanden bestimmen und ihn an die

entsprechenden Paragrafen seines Arbeitsvertrages erinnern?«

»In meinem Vertrag steht was von Sport drin«, grinste Harras. »Und Zoo hat was mit Tieren zu tun, richtig?« Er blickte zu Wurbel-Simonis. »Das ist eindeutig Ihr Ressort, Frau Doktor!«

»Ich habe aber doch keine Zeit!«, jammerte Mäggi. Ihr Dekolleté zeigte pinkfarbene Flecken. Sie tat mir leid.

»Dann verschieben Sie Ihren Termin im Opernhaus. Jonas Beck kann ruhig eine halbe Stunde warten«, ordnete Schnack an. »Es geht um Tapire. Genauer gesagt Schabrackentapire. Die haben Nachwuchs bekommen, und zwar Zwillinge, was bei dieser Art sehr selten ist. Herr Pöppelbaum, Sie begleiten die Kollegin. Zwanzig Zeilen, große Fotos und der Drops ist gelutscht.«

»Gute Gelegenheit, im Zoo zu recherchieren«, raunte ich Wayne zu. »Kannst du mir ein Foto von dem Misthaufen mitbringen? Vielleicht kann ich es später noch mal gebrauchen.«

Er nickte.

»Und womit wollen Sie unser morgiges Blatt bereichern, Herr Harras?«, machte der Chef weiter.

»Verdacht auf sexuellen Missbrauch im Tanzsportverein *Langsamer Walzer*«, antwortete er prompt. »Ein Tanzlehrer soll sich an kleine Jungs rangemacht haben. Exklusivgeschichte. Ich treffe mich mit Informanten. Meine Recherche steht aber erst am Anfang.«

»Dann recherchieren Sie bitte genau«, entgegnete Schnack. »Und versuchen Sie, Ihre Vorurteile nicht in Ihre Recherche einfließen zu lassen.«

»Ich habe keine Vorurteile gegen langsamen Walzer.«

»Sehr witzig«, schnaubte Schnack. »Informieren Sie mich zügig und regelmäßig über Ihre Fortschritte.«

»Mach ich.«

»Frau Grappa, Sie bekommen sechzig Zeilen für die Fortschreibung des Anschlags auf das Café, wenn Sie die Einverständniserklärung beigebracht haben. Habe ich noch jemanden vergessen?«

Schnacks Blick fiel auf Kevin, der auf seinem Smartphone herumtippte und abwesend zu sein schien.

»Und für Sie habe ich auch noch ein schönes Thema, Kevin. Kevin?«

Der Praktikant sah erschrocken auf.

»Ein Gastronom hat sich bei der Bedienung eines Geldautomaten zwei Finger gebrochen und verklagt jetzt die Bank.«

»Wie kriegt man das denn hin?«, fragte Kevin verdattert.

»Das sollen Sie herausbekommen«, sagte Schnack – sichtlich genervt. »Das nennt man Recherche. Schon mal davon gehört?«

»Wahrscheinlich hatte der Kerl sein Konto überzogen. Strafmaßnahme der Bank«, meinte Wayne.

Kevin war noch nicht überzeugt. »Was soll ich genau machen?«

»Selbstversuch, Süßer!«, riet ich. »Steck deine Finger einfach mal in den Schlitz. Wenn die Klappe zuschnappt, hast du den Beweis.«

»Schön, wie Sie den Nachwuchs anleiten«, lächelte Schnack maliziös. »Und jetzt fröhliches Schaffen, meine Damen und Herren.«

Ottmar Santana war bereit, mir die Einverständniserklärung zu geben. Ich schickte ihm einen Kurier mit dem Schreiben, das der Justiziar des Verlages griffbereit in seiner Schublade hatte. Lief doch alles prima.

»Ich muss jetzt los«, erinnerte sich Wayne. »Der Termin

im Zoo ist in einer halben Stunde. Wie sieht eigentlich so ein Schabrackentapir aus?«

»Moment.« Ich holte das Tier auf den Monitor.

»Lustig«, antwortete ich dann. »Hier ist der Tapir und das ist die Schabracke. Ich zitiere: *Der Name leitet sich von der farblich abgesetzten Rückenpartie ab, die an einen im Reitsport als Schabracke bezeichneten Überwurf erinnert. Der Schabrackentapir ist die einzige in Südostasien lebende Tapirart.* Ist doch spannend.«

»Kann man den auch essen?«

»Man muss nicht alles essen«, belehrte ich den Fotografen. »Sei nett zu Wurbelchen und guck mal, ob du im Zoo irgendwas Interessantes findest. Lichte den Misthaufen ab und frag unauffällig nach Großebohm. Vielleicht weiß ja jemand, wo sich *Hot Tobi* aufhält!«

»Dein spezieller Hauptkommissar müsste das doch wissen«, wunderte er sich.

»Ja, aber ich will ihn nicht immer ausfragen. Kannst du das nicht verstehen?«

»Doch, Grappa.«

Er machte einige unsichere Schritte auf mich zu und gab mir einen liebevollen Klaps auf die Wange.

Jetzt kam es auf jedes Wort an. Mehrmals formulierte ich die ersten Sätze, verwarf sie wieder und schrieb sie neu. Schließlich entschied ich mich für:

WER IST DER GEHEIMNISVOLLE GAST? – FOTO LÄSST ÜBERFALL AUF *CAFÉ STOSSSEUFZER* IN NEUEM LICHT ERSCHEINEN

Maskierte Männer überfallen das *Café Stoßseufzer* und einer der Gäste scheint die Täter zu kennen. Das beweist ein zufällig auf-

genommenes Handyfoto, das dem Bierstädter Tageblatt zugespielt wurde.
Das Bild zeigt einen Gast, der Kontakt zu einem der maskierten Täter aufnimmt. Das Café wurde durch einen Brandsatz verwüstet. Drei Menschen wurden leicht verletzt. In einem Schreiben bekennt sich eine homophobe Gruppe mit dem Namen *Return to Paradise* zu dem Angriff. Angeblich ist sie hauptsächlich in Russland aktiv. Ob sie tatsächlich ihre Aktivitäten nun auch auf Deutschland ausgeweitet hat, ist bislang nur eine Vermutung.

Ich füllte die restlichen Zeilen mit den Fakten, die schon hinlänglich bekannt waren. Der Leser ist kein Lexikon, so lautete eine alte Journalistenweisheit.

Ein Vollhorst markiert sein Revier

In der Kantine saß Wayne allein am Tisch und kippte Kaffee in sich hinein.

»Du bist ja schon wieder da«, wunderte ich mich. Der Termin im Zoo hatte keine Stunde gedauert.

»Ja. Die Sache ist voll in die Hose gegangen«, brummte der Bluthund.

»Erzähl!« Ich setzte mich.

»Wir kamen an und es war eigentlich alles gut vorbereitet. Tapirmutter Else und die Zwillinge Romus und Remulus …«

Ich prustete los. »Du hast die Vokale verwechselt.«

»Eben nicht, Grappa, du Klugscheißerin. Ich weiß, dass die Gründer von Rom Romulus und Remus hießen. Diese verdammten Tapirbabys heißen aber nun mal Romus und Remulus.«

»Meinetwegen. Und sonst?«

Wayne war geladen. »Mutter Else ist ein Riesenteil und lief schnaubend durch das Gehege. Ich machte meine Fotos und alles war gut. Wurbelchen fand die Kleinen sogar ganz niedlich. Doch dann tauchte Horst auf.« Er nahm einen kräftigen Schluck aus seiner Tasse und schüttelte sich. »Der Kaffee wird auch immer schlechter.«

»Wer ist Horst?«, blieb ich bei der Sache.

»Der Vater. Er heißt Horst. Und so ist er auch. Eher ein Vollhorst. Der Zoodirektor hatte uns gewarnt, dass Horst ein sehr dominantes Männchen sei. Aber wir dachten uns nichts dabei, denn zwischen Horst und uns war ja das Gitter. Horst stürzte also auf uns zu – grunzend wie ein Schwein. Als er auf unserer Höhe war, stoppte er, fuhr sein riesiges Gemächt aus und schoss einen Strahl ab – in unsere Richtung. *Golden Shower* – nee … eher *Golden Waterfall.*«

»Habt ihr was abgekriegt?«

»Ich nicht. Aber Wurbelchen. Vollhorst hat ihr das Chanel-Kostüm total vollgepisst. Und sie stand da und schrie. Die Zooleute und die Kollegen haben sich nicht eingekriegt vor Lachen.«

»Ach, du Schreck«, entfuhr es mir.

»Allerdings. Wurbelchen hatte einen totalen Nervenzusammenbruch und musste in die Klinik gebracht werden. Ich bin im Rettungswagen mitgefahren. Es hat so bestialisch gestunken, dass mir jetzt noch kotzübel ist.«

»Wie geht es ihr?«

»Sie haben sie mit Medikamenten ruhiggestellt.«

»Weiß Schnack Bescheid? Es handelt sich ja eindeutig um einen Arbeitsunfall.«

»Ja. Er hat sofort das Justiziariat informiert. Der Zoo muss dafür haften. Die können doch keine pissenden Tapire auf eine seriöse Medienvertreterin hetzen!«

Natürlich hatte die Nummer auch ihre schönen Seiten. Solche Geschichten lassen sich immer gut erzählen, wenn man selbst nicht betroffen ist. Vollhorsts Piss-Attacke würde sich als Fallbeispiel in der juristischen Fachliteratur gut machen.

Am frühen Abend entschuldigte sich der Zoodirektor in einer Pressemitteilung für das *unschöne Vorkommnis,* lehnte aber jede Schadensersatzforderung ab. Er behauptete, dass die Geschädigte den sonst als ruhig bekannten Tapirhengst durch ihre Stimme gereizt habe.

Klar, Wurbelchens erhobene Stimme konnte nicht nur Tapire aggressiv machen. Auch ich war schon oft zusammengezuckt, wenn sich Mäggi laut echauffierte.

Kleist schüttete sich aus vor Lachen, als ich ihm den Vorfall in blumigen Worten schilderte.

»Ich finde es echt gemein und frauenfeindlich, dass du darüber lachst«, wies ich ihn zurecht. »Das Gleiche hätte mir passieren können. Hättest du dich dann auch amüsiert?«

»Sicher«, grinste er. »Du hättest zwar geschimpft wie ein Rohrspatz, dich dann aber geduscht und wärst danach wieder zur Arbeit gefahren, oder?«

»So ähnlich«, gab ich zu. »Ich hätte diesem Horst allerdings vorher noch einen Tritt in die edlen Teile versetzt.«

»Aua.«

Mein Artikel stand online. Meine E-Mail-Adresse war angegeben, die Leser konnten ihre Meinung sagen oder Hinweise geben.

Bis Mitternacht hatten sich zwar einige User zum Thema Homosexualität geäußert, doch abgesehen von den altbekannten Ansichten erfuhr ich nichts.

Treff im Stoßseufzer

Kleist verließ das Haus früh. Er wollte sich noch mal mit den Betreibern des *Café Stoßseufzer* auseinandersetzen. Die Aufräumarbeiten waren beendet und der Laden hatte wieder geöffnet. Im *Tageblatt* hatte eine Notiz darüber gestanden und die Blöd-Zeitung hatte den Hinweis zum Anlass genommen, den *Stoßseufzer* in die Top Zehn der originellsten Kaffeebuden aufzunehmen. Eine prima Werbung, die neue und neugierige Kunden ins Café lockte.

Ich schlief noch eine Stunde, duschte und warf den PC an. Auch der Rest der Nacht hatte keine erhellenden Reaktionen auf meinen Artikel beschert.

Doch in der Redaktion wartete eine Überraschung auf mich. Auf der Tastatur meines Rechners lag eine Notiz von Susi. *Grappa, bitte unbedingt diese Nummer anrufen* – hatte sie geschrieben.

Ich tat es und hatte Schischi Baum am Ohr. Der junge Fitnesstrainer wollte sich dringend mit mir treffen.

»Ich habe heute Nachmittag frei«, erklärte er. »Können Sie ins *Café Stoßseufzer* kommen? Fünf Uhr?«

»Warum gerade dort?«

»Das ist das Stammcafé der Klemmschwestern. Dort sind wir ungestört.«

»Sicher? Wir haben doch gerade erst über die Wiedereröffnung berichtet. Da herrscht bestimmt ein Mordsbetrieb.«

»Keine Sorge. Wir finden einen Tisch. Also um fünf?«

Ich stimmte zu.

Russische Eier und Amors Tropfen

Wurbelchen war nach der Attacke des Tapirhengstes vom Arzt krankgeschrieben worden. Daher drückte Schnack mir einen Termin aufs Auge, der eigentlich ihr zugedacht war, weil er in weitestem Sinn etwas mit Kultur zu tun hatte, und zwar mit Esskultur.

Die noble Manufaktur *Culinado* und die Stadt luden zu einem Pressetermin ein, auf dem bekannt gegeben werden sollte, was es bei der Hochzeit des russischen Exministers zu essen geben würde. Den Ort der standesamtlichen Zeremonie hielt man nach wie vor geheim. Nach den Drohungen waren die Sicherheitsmaßnahmen verschärft worden. Natürlich wurde in Medienkreisen darüber gemutmaßt, wo Schmattkow und Großebohm sich das Jawort geben würden. Die Mehrheit hatte auf das alte Hafenamt, andere auf die Spielbank Hohensyburg getippt. Doch jetzt war wieder alles offen. Inzwischen war die Bürgerhalle des Rathauses der Favorit. Sie war von allen Seiten einsehbar und konnte gut abgesichert werden.

Vor dem Rathaus, dem Ort der Pressekonferenz, kontrollierten Polizeibeamte die Teilnehmer. Sogar internationale Medienvertreter waren erschienen. Das russische Kamerateam wurde einer Leibesvisitation unterzogen und beschwerte sich lautstark. Wayne fotografierte die Szene, was umgehend weitere russische Temperamentsausbrüche auslöste.

Der Sitzungsraum im Rathaus war rappelvoll. Auf den Tischen erwarteten uns die Unterlagen, welche die Menüfolge preisgaben.

Ich las und musste schon angesichts der Vorspeise grinsen: *Wachsweiche russische Eier mit Beluga-Kaviar und Butter-Brioche.*

»Das Menü wird der Kracher«, raunte ich Wayne zu. »Sieh mal.«

Der *Culinado*-Chef erschien in Begleitung seines Kochs und mehrerer Vertreter des städtischen Presseamtes. Sie stellten den Rest des Hochzeitsessens vor. Homotechnisch gesehen hatte es der Menüplan faustdick hinter den Ohren.

Lauwarmes Taubenbrüstchen mit Ständerpilzen
Baltisches Wildlachsfilet mit scharfer Rettichsauce
Waldbeer-Blinis mit Wodka-Espuma aus dem Sahnebläser

Während vorne geredet wurde, wieselten hinten Kellnerinnen heraus und schleppten einige kulinarische Winzigkeiten aus der *Culinado*-Küche an.

Blitzlichtgewitter, Applaus und Essgeräusche. Ich griff nach einem *wachsweichen russischen Ei,* den Beluga-Kaviar schenkte ich mir.

»Als Getränke servieren wir überwiegend Weine des Moselwinzers, mit dem wir seit Jahren zusammenarbeiten«, erklärte der *Culinado*-Chef. »Unser Wein zum Hauptgericht ist ein Riesling Kabinett. *Laacher Bockstein.* Hellgelbe Farbe mit grünlichen Reflexen. Im Duft sehr aromatisch, mit eleganten vegetabilen Noten und einem blumigen Oberton. Im Mund von schöner Struktur, reich und gut ausgewogen im Säuregehalt. Höhepunkt ist der Rotwein. Bei unseren Partnern in Südafrika haben wir einen roten Merlot entdeckt. Überschwänglicher, fruchtiger Duft mit viel schwarzer Johannisbeere und einem Anklang Lakritz. Ein samtig weicher edler Tropfen mit dem Namen *Drops of Amor.* Als Dessertwein bieten wir einen *Briedeler Süßmund* an. Beerenauslese, mittleres Gelbgold. In der Nase Weingartenpfirsich und reife Honigmelone. Am Gaumen saftig mit frischer Säurestruktur und leicht salziger Mineralik.«

»Hört sich klebrig an«, flüsterte ich. »Den möchte ich nicht geschenkt.«

Wahrlich, auch die Getränkeauswahl zeugte von gesundem Humor, der auf jedem Klischee einen Spitzentanz vollführte.

Entsprechend reagierten die Kollegen – die Stimmung war heiter. Für das Fest wurden den Weinflaschen von einem örtlichen Künstler neue Etiketten verpasst. Das Etikett des Tröpfchens aus Südafrika war besonders hübsch. Das Motiv zeigte einen nackten Halbwüchsigen mit Pfeilen in der rechten Hand. Das Motiv war offenbar Caravaggios *Amor als Sieger* nachempfunden.

Es wurde fotografiert und gefilmt. Fragen wurden bereitwillig beantwortet, doch wer wissen wollte, wo das Festmahl angerichtet werden sollte, bemühte sich vergeblich.

Am Ende der Pressekonferenz durften die Medienvertreter ein Päckchen mitnehmen. In ihm befanden sich die drei angepriesenen Weine. Pöppelbaum und ich sahen uns an, schüttelten den Kopf und zogen ohne Geschenk im Gepäck von dannen.

Wie kocht man einen Elch?

Der *Stoßseufzer* war rappelvoll, als ich eine Stunde später dort eintraf. Innerhalb kurzer Zeit war das Café zu einer Art Pilgerstätte geworden. Vor dem Laden veranstalteten Schwuleninitiativen Mahnwachen.

Bevor ich ihn entdeckte, bemerkte Schischi Baum mich und winkte. Zusammen betraten wir das Café. Baum wurde von einigen Besuchern mit Küsschen hier und Küsschen da begrüßt.

Der Innenraum sah wieder halbwegs zivil aus, nur ein leichter Geruch von Stinkbomben zog noch durchs Café und vermischte sich mit dem Duft zahlreicher Räucherstäbchen. Endlich wurde ein Tisch frei.

»Wow, der Laden brummt ja ordentlich«, stellte ich fest, als wir saßen.

»Ja, so blöde es klingt: Der Angriff hat unserer Sache gedient«, bestätigte Schischi Baum. »Sogar die Neonazis, die hier nächtens regelmäßig üble Parolen auf die Fassade sprühen, lassen sich im Moment nicht mehr blicken. Gestern hatte unser Verein eine Sprechstunde und es kamen doppelt so viele Leute wie sonst.«

»Wenn das so weitergeht, ist bald ganz Bierstadt schwul«, entgegnete ich. »Und was machen dann so altertümliche Leute wie ich?«

Schischi Baum lachte. »Noch nie daran gedacht umzuschwenken? Es gibt sehr nette Frauen. Auch hier.«

»Nichts für mich«, winkte ich ab. »Mit Frauen komme ich noch weniger klar als mit Männern. Außerdem bin ich zu alt, um mich neu zu orientieren.«

»Was wollen Sie trinken?«

»Kaffee.«

»Ich hol mal eben welchen«, sagte er und erhob sich. Er verschwand im Gewusel. Ich musterte die anderen Gäste. Doch außer Schischi Baum kannte ich hier niemanden – der Botticelli-Jüngling war leider nicht da.

Vor mir auf dem Tisch lag eine Mappe mit gesammelten Zeitungsartikeln. Die neuesten Nachrichten aus der Anti-Schwulenszene. Die katholische Kirche ließ sich nicht lumpen. Ich überflog die Überschriften und ersten Zeilen:

Bischof Thomas John Paprocki hat erklärt, dass verheiratete Homo-Paare gezüchtigt werden müssten …

Die katholische Bischofskonferenz in Nigeria lobt die Regierung in höchsten Tönen, weil sie mit einem neuen Gesetz Schwule und Lesben noch gnadenloser jagen lässt als in den vergangenen Jahren …

Der spanische Erzbischof Fernando Aguilar bezeichnet Homosexualität als eine sexuelle Orientierung, die geheilt werden müsse …

Interessant waren auch die Ergebnisse der Untersuchung einer Universität an zweitausend Männern, die sich ausdrücklich als heterosexuell bezeichneten. Ihnen waren drei Filme gezeigt worden. In einem hatten ein Mann und eine Frau Sex, im zweiten zwei Frauen und im dritten zwei Männer. Während des Versuchs hatten die Männer eine kleine Manschette um ihren Penis getragen, die Veränderungen im Penisumfang und damit die sexuelle Erregung messen sollte.

Ich las:

> *Während die Männer auf die heterosexuellen und die lesbischen Paare gleichermaßen erregt reagierten, ergab sich ein interessanter Unterschied in ihrer Reaktion auf die schwulen Paare: Wenig homophobe Männer reagierten nicht auf das Video, stark homophobe Männer zeigten hingegen eine Zunahme ihres Penisumfangs.*

Da hatten wir es. Homophobie aus der Angst vor der eigenen homosexuellen Lust. Der Volksmund nannte das so: *Die Kritiker der Elche waren früher selber welche.*

Schischi kam mit dem Kaffee und einer Tasse Kakao mit viel Sahne zurück.

»Lecker!«, meinte ich.

»Wir können auch gern tauschen«, bot er an.

»Lieber nicht«, lehnte ich ab.

»Verstehe«, meinte er. »Wenn Sie regelmäßig Sport machen würden, dürften Sie auch Sahne essen.«

Ups.

»Entschuldigung«, sagte er. »Ich habe es nicht so gemeint, sondern nur gedacht, dass Sie vielleicht bei *Corposana* ...« Er stockte.

»Kein Problem«, beruhigte ich ihn. »Vielleicht komme ich tatsächlich noch mal wieder. Und jetzt sollten wir zum Wesentlichen kommen.«

»Ja«, nickte er und leckte die Sahne vom Löffel. »Sie suchen doch diesen Typen, der auf dem Foto in der Zeitung zu sehen war. Ich weiß, wer das ist. Aber ich kann mir nicht vorstellen, dass er etwas mit dem Anschlag auf das Café zu tun hat.«

»Das kann die Polizei dann ja klären«, entgegnete ich. »Wer ist es?«

»Er heißt Florin Demut.«

Mein Botticelli-Jüngling hat endlich einen Namen, frohlockte ich.

»Und weiter?«

»Er ist der Schwarm aller Männer in unserer Szene.«

»Was macht er, woher kommt er, wo wohnt er ...?«

»Das kann ich nicht alles beantworten.«

»Dann beantworten Sie das, was Sie können«, forderte ich ihn auf – leicht genervt.

»Florin tauchte vor etwa einem halben Jahr in Bierstadt auf. Er konnte kaum Deutsch, hatte keinen Job und schien irgendwie traumatisiert zu sein. Jemand brachte ihn zu den *Klemmschwestern.* Wir besorgten ihm eine Unterkunft in einer Wohngemeinschaft.«

»Wo hat er sich denn vorher aufgehalten?«

»Keine Ahnung. Er spricht darüber nicht.«

»Wenn er kaum Deutsch konnte, was hat er denn für eine Sprache gesprochen?« Innerlich seufzte ich. Die Informationen flossen mal wieder sehr zäh.

»Keine. Er hat es immer nur auf Deutsch versucht. Inzwischen kann er sich notdürftig verständigen. Wir vermuten, dass er aus dem osteuropäischen Raum stammt.«

Ich dachte an die Szene in der Garderobe und fragte: »Wovon lebt er?«

Schischi Baum zögerte kurz, doch dann gab er zu: »Er prostituiert sich. Und mit seinem Aussehen hat er sich innerhalb kürzester Zeit zum Star hochgearbeitet. Er verdient viel Geld.«

»Trauen Sie ihm Kontakte zu den Attentätern zu?«

»Nein!«, antwortete Baum. »Florin hielt sich bestimmt nur zufällig hier auf, als der Überfall stattfand.«

»Wo finde ich ihn? Lebt er noch in der Wohngemeinschaft?«

»Keine Ahnung. Aber ich habe Ihnen die Adresse aufgeschrieben, die ich von ihm kenne. Hier!« Schischi Baum reichte mir einen Zettel. »Er ist auch bei der Prinzenbörse aktiv. Sein Nickname ist *SweetSixteen.*«

Ich erinnerte mich. Doch auf den Fotos im Chat hatte ich ihn nicht erkannt.

»Akquiriert er über diese Seite seine Kunden?«

»Vermutlich. Ich besuche keine Chats mehr, seit ich glücklich verheiratet bin.«

Das glaubte ich ihm aufs Wort.

»Mohr hatte Kontakt zu einem Chatter mit diesem Namen«, erklärte ich. »Aber ich konnte keine Mails finden, die die beiden ausgetauscht haben. Warum gibt sich dieser junge Mann so einen Nick? Er ist doch keine sechzehn mehr, oder?«

Schischi Baum sah mich an, als würde er an meinem Verstand zweifeln. »In Chats wird gelogen, dass sich die Balken biegen. Schein und Sein gehen da meist nicht zusammen. Florin ist ungefähr Mitte zwanzig, aber er sieht jünger aus. Schwule Männer wollen möglichst junge Lover haben. Das ist bei den Heten ja wohl nicht anders.«

»Stimmt. So traurig das auch ist«, seufzte ich. »Das Alter ereilt jeden. Als ich zwanzig war, dachte ich auch, ich würde davon verschont bleiben.«

In der Redaktion rief ich Kleist an und erkundigte mich nach dem Stand der Ermittlungen.

»Der Betreiber des Cafés konnte uns weiterhelfen. Der Mann auf deinem Foto heißt Florin …«

»… Demut«, vervollständigte ich den Satz.

Er lachte. »Was weißt du noch?«

Ich gab einen Kurzbericht.

»In der Wohngemeinschaft lebt er nicht mehr«, berichtete er. »Auch diese Sängerin – ich meine den Sänger – hat keine Ahnung von der aktuellen Adresse. Er hat Demut per Telefon in die Garderobe bestellt.«

»Telefon? Dann gibt es doch eine Nummer mit Namen.«

»Nein. Prepaidhandy. Im Ausland gekauft. Das bedeutet, dass wir keine Personalien haben.«

»Du kannst Demut ja zu einem erotischen Date einladen, Kleist«, witzelte ich.

»Das gibt mein Beamtengehalt nicht her.«

»So teuer?«

»Kati Komba hat angeblich tausend Euro an den schönen Florin bezahlt«, antwortete mein Hauptkommissar. »Was muss man dafür eigentlich alles können?«

Als ich abends zu Hause war, loggte ich mich als *Schokokuss* in die Prinzenbörse ein und holte mir das Profil von *SweetSixteen* auf den Monitor. Kleist war schon in Morpheus' Reich und träumte vor sich hin. Hoffentlich nicht von den Dienstleistungen eines Florin Demut.

Das Profil von *SweetSixteen* war noch aktiv. Er war zuletzt vor drei Tagen online gewesen.

Ich schrieb ihn an:

Schokokuss: Suche aufregendes Date, tabulos, direkt und diskret. Geld spielt keine Rolle. Kommen wir ins Geschäft?

Nein, das war zu prosaisch. Ich löschte die Sätze wieder und versuchte es erneut.

Schokokuss: Ich bin angefixt von deinem Foto. Suche geilen Fick mit tabulosem, rasiertem Boy. Eher top. Gutes Honorar.

Auch nicht gut. Ich hatte diesen schwulen Ton einfach nicht drauf. Außerdem hatte ich keine Ahnung, wie *SweetSixteen* tickte, denn er hatte seinerseits keine aussagekräftigen Sätze hinterlassen.

Ich schaute mir im Chat andere Texte an und schrieb dann:

Suche dauergeilen jungen Bengel, der sich von mir verwöhnen lässt. Großzügiges Taschengeld. Lass dich in meine Hände fallen und genieße den Augenblick.

Ich klickte auf *Senden.*

Ein geheilter Schwuler tritt auf

Die *Gesellschaft für Lebensfragen e. V.* hatte eine Pressemitteilung an die Medien verschickt, in der sie die Gründung einer Geschäftsstelle in Bierstadt bekannt gab. Das war eine Überraschung, denn bisher war der Verein nur im Osten Deutschlands mit Geschäftsstellen vertreten gewesen.

Ich überflog den Pressetext, den Sarah kopiert und jedem Teilnehmer der Konferenz, die gleich beginnen sollte, auf den Schreibtisch gelegt hatte:

Wir haben festgestellt, dass es im Westen Deutschlands viel zu tun gibt. In Deutschland rollt die Homowelle, jeder will sich plötzlich outen und nun versucht die Lobby der Lesben und Schwulen, daraus Kapital zu schlagen. Gegen unseren Verein und seinen Vorsitzenden werden scharfe Geschütze aufgefahren und es wird gefordert, dass die katholische Kirche ihr Bekenntnis verleugnet, wie es die evangelische Kirche bereits getan hat. Homosexualität soll für gut erklärt werden. Um unser Anliegen näher zu erläutern, laden wir Sie zu einer Pressekonferenz ein.

Der Termin sollte bereits am Nachmittag in der neuen Geschäftsstelle stattfinden.

»Die Schwulenhasser rüsten auf«, sagte ich zu Wayne.

Schnack erschien. »Ich hoffe, Sie haben die Pressemitteilung gelesen. Die Stadtverwaltung hatte keine Ahnung, dass sich dieser Verein hier ansiedeln will. Und jetzt ist das Kind in den Brunnen gefallen. Ein Privatmann hat das Gebäude angekauft und an den Verein weitervermietet.«

»Seit wann ist der Abschluss von Mietverträgen verboten?«, fragte Harras.

»Das hat damit gar nichts zu tun«, gab Schnack zurück. »Jede Stadt hat eine Gestaltungsordnung. Deshalb darf ja auch kein Puff neben einem Kindergarten eröffnet werden. Dieser Verein hat sich in Sichtweise des *Café Stoßseufzer* angesiedelt. Das fordert Gewalt sozusagen heraus.«

»Sollten wir uns diese Leute nicht erst mal ansehen?«, fragte ich. »Die Bilder, die ich im Netz gefunden habe, wirken nicht gerade gefährlich. Ein alter Zausel, der mal katholischer Priester war, führt den Vorsitz und ein paar abgehalfterte CDU-Opis unterstützen ihn.«

»Danke, dass Sie mir den Termin abnehmen«, meinte Schnack. »Diese Leute haben mich zwar ausdrücklich persönlich eingeladen, das wäre aber zu viel der Ehre.«

»Genau. Es reicht, wenn Grappa hingeht. Die mischt die Jungs schon auf«, sagte Wayne.

»Darf ich mit?«, meldete sich Kevin.

»Nur, wenn du dich schön schminkst und ein rosa Handtäschchen mitnimmst«, entgegnete ich. »Wir wollen den neuen Verein doch standesgemäß begrüßen.«

Die Kollegen machten noch weitere Vorschläge für ein angemessenes Outfit. Die Stimmung war gut.

Ich lieh mir von Bärchen Bieber ein Regenbogenhalstuch und Wayne von Susi ein goldenes Armband. Außerdem gelte er sich das Haar, nur Kevin hatte nicht den Mut zum Karneval.

Der neue Verein hatte sich tatsächlich schräg gegenüber dem *Café Stoßseufzer* etabliert. Die Fassade wurde gerade gestrichen. Vor dem Gebäude parkte der Übertragungswagen eines kirchlichen Privatsenders. Der Verein hatte seinen Start medial offenbar gut geplant.

Ein freundlicher Herr zeigte uns den Weg zum Sitzungsraum. Kruzifixe an den Wänden, dunkle Einrichtung, fast unsichtbare Kameras und Jalousetten. An der Wand hing ein eingerahmter Spruch: *Nicht Tatsachen, sondern Meinungen über Tatsachen bestimmen das Zusammenleben. Epiktet, griechischer Philosoph.*

Was sollte das bedeuten? Dass man sich eher den Tatsachen stellen sollte als den Meinungen? Tatsache war, dass der Verein Schwule heilen wollte und dass die Meinungen darüber geteilt waren. Vielleicht erhielt ich später Gelegenheit, diesen Punkt zu erörtern.

Wayne, Kevin und ich platzierten uns in der ersten Reihe.

Drei Männer saßen uns gegenüber. Einer von ihnen trug Priesterkleidung.

»Guten Tag und Gottes Segen«, begann der Pope. »Ich freue mich, dass Sie so zahlreich zu unserer Pressekonferenz gekommen sind. Aus aktuellem Anlass hat sich unsere *Gesellschaft für Lebensfragen* in dieser Stadt niedergelassen.«

»Was ist das für ein aktueller Anlass?«, fragte ein Kollege.

»Das liegt doch auf der Hand. Bierstadt ist auf dem besten Weg, sich zu einem Eldorado für gleichgeschlechtliche Beziehungen zu entwickeln. Ein falscher Weg – wie wir glauben. Ein Weg, der von Gott nicht gewollt wird. Ein Weg, der – wenn er beschritten wird – viele Menschen ins Unglück stürzen wird. Darüber wollen wir aufklären!«

»Wollen Sie die Heirat von Herrn Schmattkow verhindern?«, fragte ich geradeheraus.

»Es geht uns nicht um einzelne Fälle, sondern um die Grundeinstellung unserer Gesellschaft. Wir wollen interessierten und hilfesuchenden Menschen aus christlicher Verantwortung heraus Lebensorientierung und Lebenshilfe anbieten. Deshalb haben wir es uns zum Ziel gesetzt, hier in

Bierstadt zu helfen, Identitäts- und Beziehungsstörungen zu heilen.«

»Dann finden Sie, dass Homosexualität eine Störung oder gar eine Krankheit ist?«, hakte ich nach.

»Homosexualität ist keine Krankheit im medizinischen Sinne, sondern eher im psychologischen. Jede homosexuelle Biografie und jede homosexuelle Gefühlsstruktur, die wir kennengelernt haben, ist unterschiedlich. Das betrifft Männer und Frauen. Eine Frau, die sich ihrer natürlichen Bestimmung entzieht, verhält sich wider die Natur und ist ebenfalls krank in ihrer Seele.«

»Und Sie heilen diese Krankheiten?«, fragte ich – verdattert von soviel Anachronismus.

»Dazu kommen wir jetzt. Ich möchte Ihnen nun jemanden vorstellen, der durch uns zu seiner wahren Identität zurückgefunden hat.«

Neben ihm erhob sich ein junger Mann. Blitzlichter erhellten seine Gestalt.

»Aus Gründen des Persönlichkeitsschutzes werden wir den Namen unseres Mitglieds nicht nennen. Aber seine Geschichte ist der Beweis dafür, welch wichtige Arbeit die *Gesellschaft für Lebensfragen* leistet.«

Der junge Mann zog einige Zettel aus der Jacke.

»Die Show geht los«, flüsterte ich. »Mach ein paar Fotos, ganz *close.* Augen nah, Hände nah. Den Mund beim Vortrag.«

»Ja, ich weiß. Du willst wieder Kunst von mir«, grinste Wayne.

»Meine Eltern sind gestorben, als ich dreizehn war. Ich traute mich bei Mädchen nicht und mit vierzehn Jahren glaubte ich, homosexuell zu sein«, begann der Vortrag. »Mit zwanzig Jahren outete ich mich als homosexuell gegenüber allen, die ich kannte. Ich war überzeugt, zeigte und lebte, was ich zu sein meinte. Ich engagierte mich in Homogruppen und beriet andere mit dem Ziel, dass auch sie schwul werden sollten. Heute weiß ich: Homosexualität ist von Natur aus pornografisch und zerstörerisch. Sie schafft Verwirrung in den Köpfen junger Menschen genau in jener Phase, in der sich ihre sexuelle Identität im Übergang vom Kind zum Erwachsenen erst formt.«

»Das liest er aber brav ab«, kommentierte ich flüsternd. »Dauert es noch lange bis zur Pointe?«

Der Pfarrer sah mich missbilligend an, sein Blick blieb an meinem Regenbogenschal hängen und ein Lächeln kräuselte seine Lippen. Schwups … sortierte er mich in die richtige Schublade ein.

»Fahr bitte fort, mein Sohn!«, forderte er den Vortragenden auf.

»Ich konnte über meine Zweifel und Fragen bezüglich meiner sexuellen Ausrichtung mit niemandem reden. Ich bekam Darmkrämpfe, die durch meine Lebensgewohnheiten verursacht waren. Mir wurde klar, dass die Homosexualität weder naturgegeben noch befreiend ist. Ich war durch die Homokultur beeinflusst. Der Drang, die Wahrheit zu suchen, ließ mich nicht mehr los. Ich spürte, dass in mir etwas war, was nicht passte. Jesus Christus empfiehlt uns mehrfach, auf niemanden zu vertrauen außer auf ihn. Und dann habe ich das getan. Jetzt erst entdeckte ich, wie süchtig ich war. Meine Homosexualität endete, als ich die Größe und Tiefe meines mir von Gott geschenkten Ichs erkannte.«

Das war's.

Geraune im Saal.

»Wir stehen jetzt für Fragen zur Verfügung«, kündigte der Geschäftsführer an.

»Meinen Sie das alles ernst?«, wollte ein Kollege wissen.

Antwort: »Das alles ist ernster, als Sie übersehen können. Wenn die Jugend in ihrer Entwicklung durch die Homosexualität zerstört wird, müssen wenigstens wir uns nicht nachsagen lassen, wir hätten nicht versucht, den Menschen die Augen zu öffnen.«

Die nächste Frage: »Wie soll Ihre Arbeit hier vor Ort aussehen?«

Antwort: »Wir werden Seminare, persönliche Betreuung und Seelsorge anbieten.«

Und: »Glauben Sie nicht, dass Ihre Denkansätze intolerant und menschenfeindlich sind?«

Antwort: »Menschenfeinde sind die, die unsere Kinder und Jugendlichen der krankhaften Homosexualität zuführen.«

Nun erhob ich mich: »Haben Sie etwas mit einer Gruppe *Return to Paradise* zu tun?«

Antwort: »Diese Gruppierung ist uns nicht bekannt.«

Ich überhörte weitere Wortmeldungen, denn der geheilte Schwule zog meine Aufmerksamkeit auf sich. Er saß wieder, ich entdeckte Schweißperlen auf seiner Stirn. Er wirkte verstört, versuchte die Blätter, von denen er abgelesen hatte, mit zitternden Fingern zu ordnen. Ein Zettel fiel zu Boden. Schließlich stand er auf und verließ den Raum.

»Geh ihm mal hinterher, Kevin«, wies ich den Praktikanten leise an.

»Ich möchte die Pressekonferenz jetzt beenden«, sagte der Pfarrer. »Ich hoffe auf eine faire Berichterstattung. Denn der Ausstieg aus der Sünde und der Unwissenheit ist immer möglich.«

Draußen auf dem Flur wartete Kevin auf Wayne und mich.

»Na? Hast du die Sache vermasselt?«, fragte ich.

»Nein«, grinste er.

Outing auf dem Klo

Diesmal bestellte ich keinen Kaffee, sondern einen großen Kakao mit viel Sahne. Die Pressekonferenz hatte mich unterzuckert. Die beiden Männer zogen mit.

»Hier ist es sehr gemütlich«, sagte Kevin. »Ich kenne den *Stoßseufzer* schon sehr lange.« Er blickte durchs Schaufenster zur Straße. »Da kommt er.«

Einen Augenblick später saß der geheilte Schwule an unserem Tisch. Er sah aus wie ein Schluck Wasser in der Kurve.

»Dann wiederhol mal bitte, was du mir eben auf dem Klo erzählt hast«, forderte Kevin ihn auf.

»Ich heiße Olaf Beier, bin Schauspieler und hab den Text nur vorgelesen. Die haben mich dafür engagiert. Aber ich wusste nicht, dass die … na ja … mich als echt darstellten. Ich dachte, ich würde den Text für einen Imagefilm vorlesen, ohne selbst im Bild zu erscheinen. Aber das eben … war zu viel. Das war Betrug. Damit will ich nichts zu tun haben.«

»Wie viel Geld haben Sie für diese Schmierenkomödie bekommen?«, fragte ich.

»Dreihundert Euro«, gestand er.

»Ich werde Sie in meinem Artikel zitieren«, kündigte ich an. »Ich nehme an, dass Sie damit einverstanden sind.«

»Ja. Ich werde denen das Geld zurückgeben.«

»Das hat keine Eile«, lächelte ich.

In der Redaktion berichtete ich Schnack von dem unerwarteten Erfolg unserer Mission und erwähnte Kevins Rolle. Er war begeistert. Ich bekam achtzig Zeilen.

Abends stand der Artikel im Netz.

FALSCHER ZEUGE: ICH BEKAM GELD FÜR MEINE AUSSAGE – SCHWULENFEINDLICHER VEREIN BETRÜGT MIT ERFUNDENER HEILUNG

Es sollte ein toller Einstieg in die Arbeit in Bierstadt sein, doch der Schuss ging nach hinten los. Die *Gesellschaft für Lebensfragen,* die sich zum Ziel gesetzt hat, Schwule zu heilen und auf den rechten, christlichen Weg zurückzuführen, hatte einen Schauspieler engagiert, der eine falsche Beichte vor den Medien ablegen musste – für dreihundert Euro Gage.

»Dann hab ich gemerkt, was da abging. Darum muss ich Ihnen nun die Wahrheit sagen«, so der Zeuge gegenüber unserer Zeitung.

Was für ein Reinfall! Dabei hatten die Vorstandsmitglieder und der Geschäftsführer des gemeinnützigen Vereins so viel Hoffnung auf einen guten Start gesetzt. Bierstadt als Dorado der Schwulenbewegung sollte unterwandert und auf den rechten Pfad zurückgeführt werden …

Demo gegen die Kirchenmumien

Kevin war am nächsten Morgen der Star der Konferenz. Seine Aktion war wirklich klasse gewesen. Er hatte den verstörten Schauspieler auf der Toilette angesprochen und ihm auf den Kopf zugesagt, dass seine abgelesene Story nicht sehr glaubhaft war.

Auch Mäggi saß wieder in der Runde. Sie hatte die Attacke des Tapirhengstes Horst offenbar ohne psychische Schäden überstanden, denn sie war so muffelig wie immer.

Es klopfte und Stella stürzte in den Raum.

»Es gibt eine Demo vor dem Vereinshaus von den antischwulen Kirchenleuten. Die Polizeipressestelle hat das grad geschickt.«

Sie reichte Schnack die Mail. Der sah mich an, ich sah Wayne an und wir machten uns auf den Weg.

Regenbogenfahnen, Spruchbänder mit dem Slogan *Stoppt Homophobie*, Flugblätter der *Klemmschwestern*, etwa fünfzig Demonstranten und genauso viele Polizisten. Sie hatten sich vor dem Haus des neuen Vereins versammelt. Noch schien alles friedlich zu sein.

Am Fenster in der ersten Etage steckte der Vereinsvorsitzende den Kopf vorsichtig aus einem offenen Fenster – in der Hand ein Holzkruzifix. Er hielt es hoch – gegen die Demonstranten. Prompt flogen Steine durch die Luft. Sie waren zu klein, um ernsthafte Schäden anzurichten, doch sie waren einschüchternd genug, um den Pfarrer vom Fenster zu verscheuchen.

Wayne fotografierte. Ich betrachtete die Teilnehmer der Demo. Schischi Baum war dabei – er hielt zusammen mit einem Mitstreiter ein Spruchband. Er erkannte mich, lächelte und winkte mir zu.

Ich steuerte ihn an. »Hallo, Herr Baum. Was erhoffen Sie sich von dieser Aktion hier?«

»Ist doch klar«, entgegnete er. »Dass dieser Verein weiß, dass er mit uns rechnen muss. Wir lassen uns nicht als pornografisch, zerstörerisch und krank bezeichnen. Es wird Zeit, dass diese Kirchenmumien sich der Zeit anpassen.«

»Darf ich das zitieren?«

»Na, klar.«

Weitere Steine flogen und einer traf ein Fenster. Es klirrte. Das Geräusch animierte andere, es auch zu versuchen. Doch sie kamen nicht weit, die Polizei ging in die Reihen und verhinderte neue Attacken gegen das Gebäude.

»Schauen Sie mal da!« Schischi Baum zog mich am Ärmel.

Ich folgte seinem Blick.

»Da hinten ist er! Florin Demut.«

Jetzt sah ich ihn. Langes Haar unter einer gehäkelten Mütze versteckt, die Gesichtszüge von Botticellis *Sebastian*, eine blasse perfekte Haut und dieser leicht arrogante Gesichtsausdruck.

Ich schaute nach Pöppelbaum, doch ich konnte ihn nicht entdecken.

»Danke!«, stieß ich hervor und drängelte mich durch die Menge. Doch je näher ich Demut kommen wollte, desto mehr schien er sich zu entfernen. Es war wie in einem Albtraum.

Schließlich fehlten mir nur noch zwei Meter. Ich schob ein paar Männer auseinander und stand vor ihm. Im selben Augenblick erschienen zwei Polizisten, die Demut an den Armen packten und aus der Menge zogen. Wayne war zur Stelle und dokumentierte die Szene.

Ich war zu langsam gewesen. Aber das machte nichts. Florin Demut war in Polizeigewahrsam und Kleist hatte damit seinen Zeugen.

Kurze Zeit später löste sich die Demo auf. Auch Schischi Baum rollte sein Spruchband zusammen.

»Haben Sie Zeit für einen Kaffee?«, fragte er.

Zehn Minuten später saßen wir erneut im *Stoßseufzer*.

»Das war nötig«, meinte der junge Mann zufrieden. »Jetzt weiß dieser Verein, dass er mit uns rechnen muss. Wir lassen uns nicht wieder auf zugigen Herrenklos einsperren.«

»Niemand, der seine Sinne einigermaßen beisammenhat, kann sich diesem merkwürdigen Klub anschließen. Das sind ewig gestrige verklemmte Typen, in deren Kindheit etwas schiefgelaufen ist.«

»Wissen Sie, Frau Grappa, ich hab überhaupt nichts gegen

Menschen, die uns nicht leiden können, weil wir schwul sind. Ich mag auch Mohnbrötchen nicht und Fahrten in öffentlichen Verkehrsmitteln. Deshalb verprügele ich aber nicht den Bäcker, der Mohnbrötchen herstellt, oder sprenge Busse in die Luft.«

»Ich verstehe, was Sie meinen. Toleranz. Aber die Toleranz braucht das Recht, die Intoleranz nicht zu tolerieren.«

»Guter Satz.«

»Leider nicht von mir«, räumte ich ein, »sondern von einem Philosophen namens Karl Popper.«

»Grappa spielt mal wieder Volkshochschule«, grinste Wayne.

»Macht ja nichts. Was wird Florin Demut jetzt passieren?«, fragte Baum.

»Keine Ahnung. Aber gegen ihn liegt meines Wissens ja nichts vor. Er hat nur hier im Café gesessen. Die Polizei steht unter Erfolgsdruck. Die Hochzeit ist bereits am Sonntag und es ist noch immer nicht klar, ob wirklich ein Anschlag in Vorbereitung ist. Demut wird als mutmaßlicher Zeuge verhört werden.«

Schischi Baum nickte. »Dann wird es ja nicht so schlimm. Florin ist eine Ikone der Szene. Wenn er auftaucht, steht für manche die Zeit still. Sie müssen sich das so ähnlich vorstellen, als wenn Angelina Jolie leicht bekleidet auf einer Jubilarehrung der IG Metall auftaucht.«

Ich musste lachen.

»Oh, da kommt mein Mann«, rief Baum plötzlich aus und schaute an mir vorbei zum Eingang.

Ich drehte mich um und erblickte einen großen älteren Herrn: Jonas Beck, der Kammersänger.

»Das ist Ihr Mann?«

Beck trat an den Tisch, umarmte Baum und drückte ihm einen Kuss auf die Wange.

Schischi stellte uns vor.

»Ich kenne Ihre Kollegin«, erklärte Beck mit wohlklingender Stimme. »Sie interessiert sich sehr für mein Musical, das am Sonntag im Rathaus aufgeführt werden soll.«

Wayne schaute mich an und ich wusste auch, warum: Beck hatte uns soeben den Ort der Schwulenhochzeit verraten.

»Heißt das Werk nicht *Zungenspiele?*«, erinnerte ich mich. »Ein ziemlich eindeutiger Titel.«

»Das ist beabsichtigt«, lächelte Beck. »Klotzen, nicht kleckern.«

Mit großer Geste winkte er den Kellner heran und bestellte Kaffee.

»Wie weit seid ihr mit den Proben, Chéri?«, fragte Baum.

»Wir kommen gut voran«, antwortete der Tenor. »Es ist uns gelungen, dem WDR die Fernsehrechte zu verkaufen. Die übertragen nicht nur die Hochzeitsfeierlichkeiten live, sondern senden das komplette Musical drei Tage später. Erst wollten die ja nichts davon wissen – wegen der konservativ-christlichen Mitglieder im Rundfunkrat. Aber nach den Diskussionen der letzten Monate über Sportler-Outing und Schwulenjagd in Russland sind sie jetzt ruhig. Und dann hat uns der Studioleiter sehr unterstützt. Er gehört ja ebenfalls in unsere Reihen.«

»Deshalb erhöht sich die Außentemperatur immer um zwei Grad, wenn ich am WDR-Studio vorbeifahre«, begriff ich. »Wegen der Schwulendichte.«

Gelächter.

Schischi schmiegte sich an seinen Mann. »Die Sache wird ein großer Erfolg.«

»Darf ich Sie mal was ganz anderes fragen, Herr Beck?«

»Klar.«

»Kannten Sie Felix Mohr?«

»Den ermordeten Schreiberling?« Er zögerte kurz. »Kennen – das wäre zu viel gesagt. Ich hatte mal Kontakt über einen Chat.«

»Die *Prinzenbörse?*«

Beck bejahte. »Er hatte mich auf den Fotos, die ich in der Börse veröffentlicht habe, erkannt. Ich ihn allerdings auch, denn Schischi hatte mir das Profil zuvor gezeigt und mir gesagt, wer er war.«

»Und? Hat er Sie angeschrieben oder war es umgekehrt?«, fragte ich.

»Er mich. Ich war darüber ziemlich überrascht. Ich wusste von seinen bösartigen Artikeln. Das hab ich ihm dann auch vorgeworfen.«

»Und? Wie war seine Reaktion?«

»Er tat so, als wäre er nur zu Studienzwecken in der *Prinzenbörse* aktiv. Aber das habe ich ihm nicht abgenommen – dazu war sein Steckbrief viel zu extrem ... und zu krank. Nach dem Gespräch hat er meinen Kontakt sofort geblockt.«

»Eine Frage bleibt noch«, meinte ich. »Warum sind Sie noch aktiv in diesem Chat?«

»Ich bin nur noch ab und zu drin«, behauptete er. »Es kann nicht schaden, wenn man die Szene beobachtet. Ich habe junge Männer, die Probleme mit ihrer Situation hatten, schon einige Male an die *Klemmschwestern* vermittelt, damit ihnen geholfen wird.«

Die vierzig Zeilen über die Demo waren schnell geschrieben und mit Waynes Fotos garniert. Ich packte meine Sachen, um nach Haus zu fahren. Ich war gespannt, was Florin Demut der Polizei bei seiner Vernehmung erzählt hatte.

Leider wurde ich enttäuscht. Die Ikone der Schwulen hatte geschwiegen – und zwar komplett. Noch nicht einmal seinen

Namen wollte er bestätigen. Keiner der Dolmetscher, die die Polizei hatte heranschaffen lassen, war weitergekommen.

»Und was geschieht jetzt mit ihm?«, fragte ich Kleist.

»Wir behalten ihn achtundvierzig Stunden in Gewahrsam. Dann lassen wir ihn frei und observieren ihn. Er hat sich ja nichts zuschulden kommen lassen. Oder sagen wir so: Wir können ihm kein Vergehen nachweisen.«

»Wie hat er auf das Foto reagiert?«

»Gar nicht. Er hat es angeschaut. Ohne irgendeine Emotion zu zeigen.«

»Wie hält jemand so was durch?«

»Solche Reaktionen sind gar nicht so selten. Menschen mit Traumata verhalten sich so.«

In der Nacht träumte ich wirres Zeug. Anneliese Schmitz hatte schwule Mandelhörnchen erfunden und führte den Backvorgang im *Café Stoßseufzer* vor. Diese Hörnchen hatten nur ein längliches in Zartbitter getauchtes Ende, das andere Ende war nicht mehr abgerundet, sondern doppelt ballförmig verformt und ohne Schoko. Florin Demut assistierte der Bäckerin und sprach plötzlich perfekt Deutsch.

Ich meldete mich, protestierte gegen die veränderte Form der Hörnchen und kündigte an, den Europäischen Menschengerichtshof wegen Verstoßes gegen die Mandelhörnchennorm anzurufen. Frau Schmitz drohte mir die sofortige Kündigung ihrer Freundschaft und die ewige Verbannung aus ihrer Bäckerei an.

Das war zu viel, ich schrie und wachte auf.

Kleist saß aufrecht im Bett. »Was ist los?«

»Scheißalbtraum«, murmelte ich.

»Worum ging es?«

»Um schwule Mandelhörnchen.«

Er prustete los. »In Regenbogenfarben?«

»Nein. In Penisform.«

»Das ist tatsächlich eine grauenhafte Vorstellung. Brauchst du Hilfe?«

»Ja«, gähnte ich. »Kaffee.«

»Mach ich. Ich muss sowieso raus.«

Er sprang aus dem Bett. »Dreh dich noch mal um, ich sage dir Bescheid, wenn der Kaffee auf dem Tisch steht.«

»Du bist so gut zu mir.«

»Ich weiß.«

Regenbogen ohne Ende

Nur noch zwei Tage bis zur Hochzeit. Inzwischen war doch offiziell bekannt gegeben worden, wo der Akt stattfinden sollte, und es war – wie erwartet – der Bürgersaal. Vor dem Bierstädter Rathaus wehten nun vier Flaggen: die russische, die deutsche, die Stadtflagge von Bierstadt und die Regenbogenflagge. Unsere Stadtverwaltung ließ sich nicht lumpen. In den Schulen wurden Papierfähnchen und Hütchen in Regenbogenfarben verteilt, die zur Hochzeit am Sonntag geschwenkt und getragen werden sollten.

Auch das Bierstädter Stadtmarketing war nicht untätig geblieben. Kaffeebecher, T-Shirts, Baseballcaps und Kondome in Regenbogenfarben komplettierten das Angebot. Gut für die *Klemmschwestern:* Jeweils ein Euro vom Verkauf pro Devotionalie kam dem Verein zugute.

Zudem versuchte man, sich dem Thema inhaltlich zu nähern. Die Lehrer der Stadt waren von der Bezirksregierung angewiesen worden, in mindestens vier Unterrichtsstunden die sexuelle Vielfalt zu behandeln.

In Kurzlehrgängen wurden die Pädagogen fit gemacht für das Thema.

»Wer jetzt nicht schwul wird, ist selbst schuld«, meinte Simon Harras vor der Redaktionskonferenz. »Ich bin froh, wenn dieser Hype vorbei ist.«

»Du hast ja recht«, gab ich zu. »Das alles nimmt langsam hysterische Züge an. Dafür können aber die Schwulen nichts. Bierstadt ist endlich mal wieder international in den Schlagzeilen – das hatten wir schon lange nicht mehr.«

»Ich weiß. Beim letzten Mal hatte der SPD-Oberbürgermeisterkandidat sich auf dem Straßenstrich eine drogenabhängige Nutte in seinen BMW geladen«, erinnerte sich Harras. »So hab ich Bierstadt übrigens kennengelernt. Ich war damals in den Staaten. Die Nummer kam über alle Kanäle. *Bierstadt, a nice little town in the heart of Germany* …«

»Ja, das waren noch gemütliche Zeiten«, seufzte ich. »Da war der Mann noch Mann.«

»So ähnlich, Grappa. Und ich dachte damals, dass Schwule nur bei den Paralympics Leistungssport machen dürfen …«

»Den kenne ich schon«, wehrte ich ab. »Die besten Schwulenwitze findest du übrigens im Witze-Blog der *Prinzenbörse* – nur so als Tipp, falls dir mal die Munition ausgeht.«

Er grinste. »Ich hab mich doch schon verbessert, oder?«

»Ja, du lässt die Häme weg, Simon«, antwortete ich. »Und das steht dir sehr gut.«

In der Konferenz teilte uns Schnack mit, dass Jewgeni Schmattkow und Tobias Großebohm am Abend ihren Polterabend feiern würden. Wo, verriet Schnack nicht. Er hatte eine Verschwiegenheitsklausel unterzeichnen müssen, den

Ort nicht zu verraten. Die Gäste waren handverlesen und unser Chef war natürlich dabei.

»Saufen unter Polizeischutz«, meinte ich. »Das wird ja eine gemütliche Fete. Dürfen wir denn wenigstens drüber schreiben, oder ist das verboten?«

»Natürlich werde ich einen Artikel verfassen. Die Fotos werden vom Stadtpresseamt gemacht und uns kostenfrei zur Verfügung gestellt.«

»So was nennt man freie Berichterstattung«, kommentierte ich.

»Nein, man nennt es Vorsicht. Die Drohungen existieren ja schließlich immer noch«, argumentierte Schnack. »Die Polizei war bisher leider in ihren Bemühungen erfolglos, die Urheber der Attentatsdrohungen dingfest zu machen. Aber das wissen Sie ja besser als ich, Frau Kollegin.«

Er verteilte die tägliche Arbeit, immerhin gab es ja noch andere Themen als schwule Hochzeiten und homophobe Angriffe.

Ich sollte mich um die Behauptung der Gewerkschaft NGG kümmern, die einen Lebensmitteldiscounter beschuldigte, seine Mitarbeiter mit versteckten Kameras zu beobachten. Der Handelskonzern verweigerte jede Auskunft. Ein Detektiv hatte gegenüber der Gewerkschaft ausgepackt.

Ich besorgte mir die Telefonnummer und er erzählte seine Geschichte bereitwillig. Er habe Mitarbeiter gezielt kontrollieren müssen, so der Zeuge. Auf Anweisung eines Filialleiters habe er sogar Miniaturkameras in den Umkleidekabinen installiert. Da die meisten Mitarbeiter des Discounters Frauen waren, hatte die Geschichte einen schlüpfrigen Aspekt.

Pöppelbaum lichtete ein paar Läden ab, die sich in der Stadt befanden, und geriet prompt mit ein paar Filialleitern aneinander.

»Ich musste denen erst mal klarmachen, dass ich auf einer öffentlichen Straße jedes Gebäude fotografieren darf.«

»Danke, dass du dich so heldenhaft für die Pressefreiheit in die Bresche schmeißt«, lobte ich ihn.

»Ich weiß jetzt übrigens, wo der Polterabend stattfindet, denn in einem der Läden habe ich ein interessantes Gespräch mit angehört. Mir fiel auf, dass zwei junge Männer etwa dreißig Flaschen Wodka in ihren Einkaufswagen geladen hatten. Diese Billigmarke *Putinoff.*«

»Komasaufen?«

»So ungefähr«, grinste er. »Komasaufen auf dem heutigen Polterabend.«

»Wie bitte?«

»Die beiden Jungs waren von der Cateringfirma, die das Essen für den Polterabend stellt. Das wird nicht so nobel wie die Hochzeit – Schmattkow hat wohl dann doch einen Igel in der Tasche. Jedenfalls trugen die Jungs Namensschilder an den Hemden vom Caterer des Ambiente Solo Hotels. Sie amüsierten sich darüber, dass ihre Firma am späteren Abend den Wodka *Gorbatschoff*, der das Doppelte kostet, durch das Billigzeug *Putinoff* ersetzt. Die befüllen einfach die leeren *Gorbatschoff*-Buddeln neu. Dann schmeckt sowieso niemand mehr den Unterschied, weil alle schon stramm sind.«

»Und die Differenz wandert in die Kasse des Caterers?«

»Richtig, Grappa«, lächelte Wayne. »Du hast das hehre Prinzip des Spätkapitalismus kapiert.«

Botticelli fliegt davon

Kleist kam gegen zwanzig Uhr nach Hause. Seinem Gesichtsausdruck nach hatte er einen anstrengenden Tag hinter sich.

»Wir mussten Florin Demut heute Morgen freilassen«, berichtete er. »Plötzlich tauchte ein Anwalt auf. Nein, nicht EIN Anwalt, sondern DER Anwalt. Dr. Reiter. Bekannt aus Funk, Film, Politik und Fernsehen. Verteidigt alles, was mediale Aufmerksamkeit haben könnte.«

»Damit hattest du doch gerechnet«, entgegnete ich. »Aber ihr observiert ihn ja rund um die Uhr.«

»Ja, das dachte ich auch.«

Ups. »Was ist passiert?«

»Bis zum Mittag ging alles gut. Zwei Beamte waren an ihm dran. Nachdem Demut das Untersuchungsgefängnis verlassen hatte, frühstückte er in einem Café in der City. Die Kollegen ließen ihn nicht aus den Augen. Er fragte nach der Toilette, ließ sich von der Kellnerin die Richtung zeigen und verschwand.«

»Er ist durchs Klofenster getürmt?«, fragte ich verdattert.

»Ja. Das war's dann.«

»Das ist ja wie in einem ganz schlechten Fernsehkrimi!«

»Leider.«

»Vielleicht ist er bei Kati Komba untergetaucht? Die beiden schienen sich sehr zu mögen.«

»Nein, da ist er nicht. Sie streitet immer noch ab, ihn näher zu kennen.«

»Dass der einfach so türmen konnte«, regte ich mich auf. »Werden deine Kollegen nicht ausgebildet für solche Einsätze?«

»Nein, bei uns wird grundsätzlich niemand ausgebildet«, blaffte er.

»Oh, sorry. Ich meine ja nur …«

»Können wir das Thema wechseln?« Kleist war supergenervt.

»Okay, was kann ich dir Gutes tun?«

»Ich will lange duschen und dann was essen. Sollen wir den Pizza-Service anrufen?«

Ich winkte ab. »Ich war einkaufen.«

Kurze Zeit später hörte ich die Dusche und die Brandenburgischen Konzerte. Bach hilft immer, dachte ich, mir auch.

Die Kombination von Musik und Wasserrauschen hatte wirklich etwas Beruhigendes. Ich öffnete eine Flasche *Brunello* und deckte den Tisch.

Kleist hatte sein Handy im Flur liegen lassen. Es klingelte. Und zwar lange. Nach einer kurzen Pause ging die Klingelei wieder los. Es schien wichtig zu sein. Wieder Pause. Wieder Klingeln.

Ich nahm das Handy, lief ins Badezimmer und öffnete die Duschkabine.

»Dein Handy schreit nach dir. Es scheint wichtig zu sein.«

So war es. Kleist verließ das Haus mit nassen Haaren und leerem Magen und ich blieb neugierig zurück.

Kellnertrick und Karriereknick

Pöppelbaum meldete sich in der Nacht und berichtete, was mir mein zorniger Lebensabschnittsgefährte nicht hatte mitteilen wollen: Die Polterabendgesellschaft war von drei maskierten Männern überfallen worden. Die bereits ziemlich angetrunkenen Gäste waren mit Maschinenpistolen in Schach gehalten worden. Ihnen wurden erst die Handys abgenommen, dann wurden sie eingesperrt. Schmattkow musste eine Kellnerjacke mit Logo der Cateringfirma anziehen. Mit leeren Tabletts und Schmattkow verließen die drei Männer dann das Hotel und stiegen in einen Transporter, der ebenfalls der Cateringfirma zu gehören schien. Die Polizei hatte nichts von alledem mitbekommen, denn die Beamten waren nur an den Eingängen postiert und nicht im Saal. Es hatte zwei Stunden gedauert, bis die Gäste befreit worden waren. Die Katastrophe war perfekt.

Wayne war noch hingefahren, aber mit leerer Kamera zurückgekehrt. Das Hotel war vollkommen abgeriegelt.

Im Morgengrauen tapste Kleist ins Zimmer. Ich stellte mich schlafend.

»Du weißt es schon, oder?«, flüsterte er mir ins Ohr.

»Klar.« Ich setzte mich auf. »Scheißspiel, oder?«

»Besser hätte ich es nicht ausdrücken können.«

Ein paar Stunden später wurde Kleist zum Innenminister nach Düsseldorf beordert und nach einem kurzen und heftigen Gespräch vom Dienst suspendiert.

Er trug es mit Fassung. »Soll ich meine freien Tage bei dir oder hier in Düsseldorf verbringen?«, fragte er am Telefon.

»Hier ist es bestimmt interessanter. Ich verspreche dir Trost, Zuspruch und einen Logenplatz, um die kommenden Ereignisse zu verfolgen.«

»Ich kann es kaum erwarten.«

Es war Samstag, aber die Redaktion war vollzählig angetreten – auch wegen der geplanten Hochzeit am Sonntag. Hochzeit, dachte ich, welche Hochzeit?

Schnack sah ziemlich fertig aus. »Jetzt weiß ich, was Todesangst ist«, tat er kund, als wir uns alle im Konferenzraum versammelt hatten. »Einer der Täter hat mir die Maschinenpistole in den Rücken gehalten – den Finger am Abzug. Die meisten Gäste waren schon ziemlich angetrunken und ein paar von ihnen hielten das alles für einen schlechten Scherz.

Doch als einer der Gauner einen von ihnen mit einem Kinnhaken auf die Bretter schlug, war Ruhe.«

»Wer hat eigentlich veranlasst, dass die Polizei nicht direkt im Saal anwesend war?«, fragte ich.

»Schmattkow höchstpersönlich. Polizei nur außerhalb des Gebäudes und unsichtbar, so hatte er es verlangt. Er wollte eine möglichst entspannte Atmosphäre.«

»Hat ja prima geklappt«, stellte ich fest. »Was ist Schmattkow für ein Typ?«

»Er ist wie alle Russen, die ich kenne. Laut, jovial, sehr kontaktfreudig und trinkfest.«

»Wie viele Gäste waren denn eingeladen?«

»Etwa vierzig. Inklusive Journalisten.«

»Der arme zurückgelassene Bräutigam!«

»Herr Großebohm befindet sich zur Beobachtung in einer Klinik. Er erlitt einen Nervenzusammenbruch, nachdem Herr Schmattkow weggeschleppt worden war. Er steht unter Polizeischutz, nach dem Transporter wird gefahndet. Alles Weitere erfahren wir heute Nachmittag. Ich werde den Überfall aus meiner ganz persönlichen Sicht schildern. Frau Grappa, Sie stellen das dann bitte in unsere Onlineausgabe. Und Sie kümmern sich um die Fakten rund um den Fall.«

Schnack zog sich zurück.

»Jetzt hat unser Chef endlich auch mal was Spannendes erlebt«, meinte Simon Harras.

»Ich muss an *Hot Tobi* ran«, sagte ich am Mittag. Wayne und ich saßen in der Kantine bei einem Teller Erbsensuppe.

»Dein Kommissar weiß doch bestimmt, wo er ist«, meinte Wayne. »Dann verkleiden wir uns als Ärzte und interviewen ihn.«

»Wenn es so einfach wäre«, stöhnte ich.

»Wieso? Es ist genauso einfach«, entgegnete er. »Die Nummer mit der Kellner-Verkleidung hat doch auch geklappt. Also frag einfach deinen Kleist ...«

»Sie haben ihn kaltgestellt.«

»Wie?«

»Beurlaubt. Weil er sich den Schmattkow hat klauen lassen.«

»Ach herrje.«

»Irgendwas gefällt mir an der ganzen Sache nicht.«

»Was meinst du?«

Ich rührte in meiner Erbsensuppe und versuchte, meine Gedanken zu ordnen.

»Grappa?«

»Kleist nimmt seine Beurlaubung erstaunlich locker. Wenn man mich wegen ... Versagens mattsetzen würde, hätte ich daran ziemlich zu knapsen.«

»Er ist Beamter und damit unkündbar. Vielleicht liegt es daran.«

»Ja, das ist möglich.«

Suche nach dem Bräutigam

Eine Stunde später baten Polizei, Staatsanwaltschaft und die Stadtverwaltung zu einer Pressekonferenz ins Rathaus.

Im Bürgersaal gab eine Gruppe Floristen dem hochzeitlichen Blumenschmuck den letzten Schliff. Die Tische für die Gäste waren schon aufgestellt und weiß eingedeckt. Auch die Bühne wurde gerade fertig gemacht. Tontechniker führten einen Soundcheck durch und eine Putzkolonne feudelte durch die Ecken.

»Das Personal ist wohl noch nicht darüber informiert

worden, dass ein Teil des Brautpaares abhandengekommen ist«, stellte ich fest.

»Es ist Samstag, vergiss das nicht. Bisher haben nur Radio und Frühstücksfernsehen über den Überfall berichtet«, erklärte Wayne.

Der Sitzungssaal war gerammelt voll. Der leitende Oberstaatsanwalt hatte sich persönlich herbemüht, ebenso der Polizeipräsident und der Rechtsdezernent der Stadt.

Zunächst äußerte sich der Polizeipräsident. Er fasste die Ereignisse des Abends und der Nacht zusammen. Und dann gab er den ersten Schwarzen Peter an die Stadtverwaltung weiter.

»Auf ausdrücklichen Wunsch der Stadt und des Geschädigten Schmattkow wurden die für die Sicherheit zuständigen Kollegen lediglich an den Grundstücksgrenzen eingesetzt.«

»Wir sind natürlich davon ausgegangen, dass die Fahrzeuge, die sich zum Hotel bewegen, gründlich überprüft werden«, konterte der Rechtsdezernent.

»Das ist auch geschehen«, mischte der Oberstaatsanwalt mit. »Ich hab hier das Protokoll.«

»Wie konnten Sie die Sicherheitslage so fehlerhaft einschätzen?«, fragte ein Kollege.

Staatsanwalt und Polizeipräsident tauschten Blicke.

»Wir haben das Hotel im Vorfeld abgesichert. Das üblicherweise dort tätige Personal wurde durchleuchtet, ebenso die Mitarbeiter der Cateringfirma. Auch die Gäste – soweit das möglich war. Es gab keinerlei Versäumnisse unsererseits.«

Jetzt ging die Fragestunde richtig los.

»Dass jemand von außen einen Überfall plant, hatten Sie wohl nicht auf dem Schirm?«

»Wenn Sie alles richtig gemacht haben, wer hat denn dann was falsch gemacht?«

»Stimmt es, dass der leitende Beamte der Anti-Terror-Einheit beurlaubt wurde?«

»Welche Maßnahmen haben Sie ergriffen, um den Exminister zu finden?«

Auch ich meldete mich und fragte: »Glauben Sie, dass es eine homofeindliche Gruppe war, die Schmattkow entführt hat?«

»Davon gehen wir aus.«

»Warum?«

»Weil es entsprechende Drohungen gab, die sich allerdings auf die morgen geplante Hochzeit bezogen.«

»Jewgeni Schmattkow soll den russischen Staat um viele Millionen Euro betrogen haben«, erinnerte ich. »Es liegt ein Auslieferungsantrag vor. Vielleicht haben die Russen diese Auslieferung sozusagen einfach selbst durchgeführt. Ermitteln Sie auch in diese Richtung?«

»Es gibt keinerlei Hinweise, dass Russland entsprechende Aktivitäten in unserem Land durchführt.«

»Meinen Sie wirklich, dass die vorher offiziell anfragen?«

Gelächter. Und dann stellte der Kollege von der Blöd-Zeitung eine gute Frage: »Bei der Feier wurde gefilmt und fotografiert. Durch einen Mitarbeiter des Presseamtes. Was ist auf diesen Aufnahmen zu sehen?«

»Wir werten diese Bilder gerade aus«, antwortete der Rechtsdezernent.

»Also ist der Überfall gefilmt worden?«, hakte der Reporter nach.

»Dazu kann ich keine Auskunft geben, weil ich persönlich das Material nicht kenne.«

Unwirsches Gemurmel.

»So was nennt man Eiertanz«, raunte ich Wayne zu.

»Ich erläutere Ihnen jetzt die Maßnahmen, die zurzeit angelaufen sind«, kündigte der Polizeipräsident an. »Wir überwachen alle Flughäfen und Grenzen, falls Schmattkow außer Landes geschafft werden soll. Die uns bekannten Konten des Geschädigten wurden eingefroren. Nach dem Transporter, der bei der Entführung benutzt wurde, wird gefahndet – ebenso nach den uns bekannten Mitgliedern der Gruppe *Return to Paradise*, die ja auch für den Anschlag auf ein Café verantwortlich sein soll. Außerdem haben wir sämtliche V-Leute in Alarmbereitschaft versetzt.«

»Und was wird jetzt aus der Feier morgen?«, fragte Wayne.

»Wir haben soeben entschieden, die Hochzeit abzusagen. Wir werden versuchen, alle Gäste zu kontaktieren und sie über die veränderte Ausgangslage zu informieren. Das Oberbürgermeisteramt und die Pressestelle sind vollständig besetzt und kümmern sich darum. Und jetzt entschuldigen Sie uns bitte. Wir haben zu tun.«

Emotionen oder Geld

Natürlich halfen wir der Stadt bei ihrer peinlichen Aufgabe. Die Nachricht von der abgesagten Hochzeit war eine Stunde später in der Onlineausgabe des *Tageblattes* zu lesen, Radio und Fernsehen informierten ihre Hörer und Zuschauer. Der Grund für die Absage – also die Entführung Schmattkows – schaffte es sogar in die *Tagesschau*.

Schnack brütete derweil über seinem Artikel, ich kümmerte mich um die journalistische Verarbeitung der offiziellen Pressekonferenz. Der Vollständigkeit halber vermerkte ich auch, dass der extra aus der Landeshauptstadt abgeordnete Kriminalbeamte beurlaubt worden war, weil er die Entführung nicht verhindert hatte.

Diese Ungerechtigkeit gegenüber Kleist schlug mir auf den Magen. War seine Karriere endgültig beendet? Für den Vorruhestand war er noch zu jung.

Wohin würde man ihn abschieben? In die Provinz? Zum Aktenabstauben ins Polizeiarchiv?

Ich nahm meinen Kaffeepott, ging in die Küche und schüttete die schwarze Brühe weg. Auf dem Rückweg kam ich an Schnacks Büro vorbei. Ich klopfte.

»Ja?«

»Wie läuft es, Chef?«, fragte ich forsch.

»Ich bin gleich fertig.«

»Geht es Ihnen inzwischen wieder etwas besser?«

Er schaute verwundert auf. So eine menschliche Ansprache traute er mir wohl nicht zu.

»Man wird ja nicht jeden Tag mit Maschinenpistolen bedroht, oder?«, setzte ich nach.

»Stimmt. Es hätte auch ein Blutbad geben können.«

»Wirkten die Täter denn nervös?«

Er überlegte. »Nein. Sie wirkten gut organisiert. Sie gaben kurze, knappe Anweisungen – in deutscher Sprache mit osteuropäischem Akzent, und einige Sätze hörten sich wie Russisch an.«

»Dann waren die Entführer Putins Schergen. Das passt doch.«

»Ob Putin keine anderen Probleme hat, als eine Homoehe in Deutschland zu verhindern?«, zweifelte Schnack.

»Wer soll denn sonst dahinterstecken?«, fragte ich.

»Ich weiß es nicht. Aber ich hab mal irgendwo gelesen, dass die meisten Verbrechen aus Emotionen oder aus Habgier begangen werden.«

»Diese These ist mir bekannt«, nickte ich. »Und sie stimmt meistens. Wenn wir die Emotionen als Motiv mal weg lassen, bleibt das Geld. 170 Millionen Euro soll Schmattkow beiseitegeschafft haben. Vielleicht will jemand das Geld und benötigt dafür den Minister.«

Eine halbe Stunde später signalisierte mir Schnack, dass sein Artikel fertig war. Ich holte ihn mir auf den Monitor.

IN DER GEWALT DER ENTFÜHRER –
»ICH HATTE TODESANGST«

Von Berthold Schnack

Sie kamen aus dem Nichts, blieben etwa zehn Minuten und verschwanden mit ihrer Beute, dem ehemaligen russischen Agrarminister Jewgeni Schmattkow.

Und dabei hatte der Abend fröhlich und unbeschwert begonnen, denn es sollte Abschied gefeiert werden: vom Junggesellenstatus, denn Jewgeni Schmattkow und Tobias Großebohm wollten sich am Sonntag in der Bürgerhalle des Bierstädter Rathauses das Jawort geben.

Vierzig enge Freunde hatten sich im Ambiente-Solo-Hotel zum Polterabend eingefunden. Die Stimmung war gut, das Essen perfekt und die Polizei sollte für Sicherheit sorgen. Kurz vor Mitternacht geschah es: Drei maskierte Täter stürmten den Saal und bedrohten die Gäste und das Brautpaar mit Feuerwaffen.

Auch der Autor dieses Artikels wurde mit vorgehaltener Maschinenpistole gezwungen, sich ruhig zu verhalten …

Schnacks Schilderung entsprach exakt dem, was Polizei und Staatsanwaltschaft zum Besten gegeben hatten.

Ich verfasste einen kurzen Text für die Händlerschürze, die in der Stadt ausgehängt wurde, um Aufmerksamkeit für die Printausgabe des *Tagesblattes* am Sonntagmorgen zu erregen.

Jetzt mussten allerdings noch andere wichtige Fragen geklärt werden. Kollege Kevin sollte Kontakt mit der Dekofirma aufnehmen und klären, was mit dem Blumenschmuck geschehen würde.

Den *Culinado*-Chef rief ich selbst an.

»Was passiert mit dem Menü? Dreihundert Gäste kommen morgen nicht …«

»Eine Katastrophe!«, ergänzte der Gastronom. »Sechshundert wachsweiche russische Eier, mehrere Kilo Beluga-Kaviar, vierhundert Taubenbrüstchen und der Lachs – alles für die Katz. Aber – wir haben eine Lösung gefunden. Nichts kommt um. Und das können Sie auch schreiben, damit man uns nicht der Lebensmittelvernichtung bezichtigt.«

»Und wie sieht die Lösung aus?«

»Den Lachs frieren wir ein. Die sechshundert Eier werden fünf Minuten länger gekocht und gewürfelt. Dann dünsten wir die Taubenbrüstchen, schneiden sie klein, geben Sellerie, Orangen und frische Erbsen dazu und vermischen alles mit einem Sahne-Rettich-Dressing. Das Ganze heißt dann *Eiersalat nach Zarenart*.«

»Und wer soll den essen?«

»Es gibt rund fünfzig Alten- und Pflegeheime in Bierstadt. Wir haben den Heimleitungen das Angebot gemacht, sie mit dem Eiersalat zu beliefern. Dreißig Einrichtungen haben schon zugesagt. Wir bekommen Spendenquittungen. Ist das nicht eine brillante Idee?«

Ja, in der Tat. So kam es, dass an einem Samstag im Mai rund fünfhundert alte Menschen mit *Eiersalat nach Zarenart* überrascht wurden.

Aufruf im Fernsehen und ein falsches Ticket

Keine Hochzeit am Sonntag. Das bedeutete: Ruhe und ein schönes Frühstück bei Frau Schmitz.

Im Bistro der Bäckerin flimmerte eine Liveschalte vom TV-Monitor. Die wenigen Gäste schauten gebannt zu.

Dem Fernsehreporter war es gelungen, Tobias Großebohm vor die Kamera zu holen.

»Verdammt, ich dachte, er stünde unter Polizeischutz!«, fluchte ich. »Dieses Interview hätte ich auch gern geführt! Wer hat dem Reporter verraten, wo er ihn findet?«

»Reg dich ab«, meinte Kleist.

»Lass mal hören!«, bat ich.

Reporter:	*Wie geht es Ihnen heute?*
Großebohm:	*Ich bin geschockt und kann es immer noch nicht fassen. Heute sollte der schönste Tag meines Lebens sein. Ich mache mir große Sorgen um meinen Mann.*
Reporter:	*Haben Sie eine Idee, wer hinter der Entführung stecken könnte?*
Großebohm:	*Ich glaube, dass die Entführer russisch gesprochen haben.*
Reporter:	*Haben Sie etwas verstanden?*
Großebohm:	*Ich kann leider kein Russisch. Es fielen auch nur ein paar knappe Worte. Kurze Anweisungen. Das alles passierte so schnell, dass es schon wieder vorbei war, bevor irgendjemand reagieren konnte.*
Reporter:	*Wenn uns die Entführer jetzt zuschauen – was würden Sie ihnen gern sagen?*

Großebohm: *Tut Jewgeni nichts. Behandelt ihn gut. Stellt meinetwegen eure Forderungen. Aber gebt ihn mir zurück. Ich liebe ihn und er liebt mich. Niemand hat das Recht, unser Leben zu zerstören.*

»Wie rührend«, kommentierte ich. »Guck mal, jetzt weint er sogar ins Taschentuch, das der Reporter zufällig griffbereit hatte. Kommt richtig gut vor der Kamera.«

Kleist grinste breit. »Maria, wenn ich gewusst hätte, wo sich Großebohm aufhält, hätte ich es dir gesagt. Aber ich bin raus aus dem Fall – wie du ja weißt.«

»Okay, Baby«, murrte ich. »Und jetzt ab zum Buffet. Ich könnte einen Ochsen vertilgen.«

Wir luden uns die Teller voll. Anneliese Schmitz schaute uns amüsiert zu.

»Na, ihr beiden«, meinte sie. »Schmeckt es euch?«

»Wie immer prima«, kaute ich.

»Ich hab noch was ganz Besonderes«, erzählte sie. »*Eiersalat nach Zarenart.* Ganz besonders lecker.«

»Was sagst du da, Frau Schmitz?«

Sie guckte listig. »Als ich davon gehört hab, dass die diesen Eiersalat zusammenmixen, hab ich bei *Culinado* angerufen und mir was zurücklegen lassen. Gegen Geld natürlich. Ich wollte ja den armen Alten nichts wegnehmen. Heute früh hat Donka unsere Portion abgeholt. Wollt ihr was probieren?«

Wir wollten.

Wow, das Zeug war lecker. Besonders das Dressing: sahnig und scharf durch den Rettich.

»Ich fliege morgen früh für ein paar Tage nach Berlin«, informierte mich Kleist.

»Was machst du da?«

»Ich treffe einen alten Freund. Er ist Abteilungsleiter im Bundeskanzleramt. Ich kenne ihn vom Studium und habe ihn mehrere Jahre nicht mehr gesehen. Jetzt habe ich ja die Zeit, um alte Freundschaften aufzufrischen.«

»Du scheinst deine Auszeit richtig zu genießen«, staunte ich.

»Ich versuche nur, das Beste daraus zu machen«, behauptete er. »Die werden mir nicht ewig Gehalt fürs Nichtstun bezahlen.«

»Dann versetzen sie dich zur Verkehrspolizei?«

»Das geht nicht«, entgegnete er.

Im Fernsehen lief der Wetterbericht. Für Berlin waren Starkregen und Nebel angesagt.

»Keine schönen Aussichten«, stellte ich fest.

»Was meinst du?«

»Das Wetter in Berlin. Es wird saumäßig schlecht.«

Auf dem Weg nach Hause hielten wir an einem Geldautomaten. Kleist stieg aus, ließ sein Handy im Auto liegen und prompt klingelte es. Ich schaute auf das Display, es war das Präsidium. Ich nahm den Anruf an.

»Können Sie Herrn Dr. Kleist etwas ausrichten?«, sagte eine Frauenstimme, nachdem ich erklärt hatte, wer ich war. »Sein Flugticket liegt am Schalter der Lufthansa bereit.«

»Ich geb ihm Bescheid«, sagte ich. »Weiß man denn überhaupt, ob der Flug stattfindet? Es wurde starker Nebel für Berlin angekündigt.«

»Wieso Berlin?«, fragte die Frau verdutzt. »Er fliegt nach Zürich.«

Rosa Bömbchen

Also Zürich und nicht Berlin. Warum log Kleist mich an? Ich konnte mir keinen Reim darauf machen.

»Hast du schon eine Unterkunft in Berlin?«, fragte ich, als wir zu Hause waren.

»Ich schlafe bei meinem Schulfreund. Er besitzt ein großes Haus in Charlottenburg.«

Das war heftig. Ich atmete tief ein. Nein, Schweigen war nicht mein Ding. Solche Irritationen müssen sofort geklärt werden, dachte ich, sonst jagt ein Missverständnis das andere und die Lügen türmen sich zu einem Gebäude auf.

»Das Präsidium hat sich gemeldet, als du Geld gezogen hast. Dein Ticket liegt am Schalter der Lufthansa bereit. Ich habe mir erlaubt, an dein Handy zu gehen.«

»Prima«, lächelte er.

»Du fliegst nach Zürich und nicht nach Berlin.«

Er schwieg für einige Sekunden. »Ich kann dir das erklären«, meinte er dann.

»Ja, mach mal. Ich bin ganz Ohr.«

»Was ich dir jetzt sage, ist extrem geheim. Deshalb ist der Kreis, der informiert ist, sehr eingeschränkt. Willst du es trotzdem wissen?«

»Neugier war schon immer eine meiner Schwächen.«

»Gut.«

Er erhob sich vom Stuhl, lief durch den Raum, stützte sich auf die Tischkante und sah mich an.

»Ich bin nicht beurlaubt worden. Wir haben Florin Demut mit Absicht entwischen lassen. Wir ahnten, dass er Schmattkow entführen will, und wir hatten recht.«

»Wie bitte? Demut soll den Russen entführt haben? Wie kommst du denn darauf?«

»Demut ist ein international aktiver Terrorist. Russischer Staatsbürger, aber seit Jahren im Ausland tätig. Es liegt ein Auslieferungsbegehren der russischen Regierung vor.«

»Dieser hübsche, sanfte, schwule Botticelli-Engel ein Terrorist? Du spinnst!«

»Lass dich nicht von Äußerlichkeiten leiten!«, widersprach Kleist.

Ich imaginierte, wie Demut mit einer tuckigen Handbewegung ein Bömbchen irgendwo hinwarf, und musste laut lachen.

»Du glaubst nicht, dass schwule Männer Terroristen sein können?«, hakte Kleist nach.

»Ich gebe zu, dass es nicht so recht in meinen Kopf will. Ich habe Schwulsein immer mit Sanftheit verbunden.«

»Du diskriminierst die Schwulen, liebe Maria.«

»Stimmt«, nickte ich. »Warum sollten schwule Männer keine guten Verbrecher sein? Ich werde mir das merken.«

»Ich koche frischen Kaffee«, sagte Kleist. »Und dann erzähl ich dir die Geschichte von Anfang an.«

Endlich kam die Wahrheit auf den Tisch – das hoffte ich jedenfalls.

Kleist stellte die Becher auf den Tisch.

»Dann will ich mal anfangen«, sagte er. »All das, was ich dir jetzt erzähle, basiert auf den Angaben des russischen Geheimdienstes. Florin Demut heißt in Wahrheit Dragan Schtscherbakow, besitzt aber Pässe auf mehrere Namen und aus mehreren Ländern. Er spricht mehrere Sprachen fließend. Seine große Begabung sind Täuschung und eine fast unglaubliche Schauspielkunst. Er nimmt nur die lukrativsten Aufträge an und ist ein großer Künstler in seinem Job.«

»Sind Zwischenfragen erlaubt?«

»Ja.«

»Wer sind seine Auftraggeber?«

»Staaten, Firmen, Privatleute – das geht bunt durcheinander. Er steht natürlich nicht im Branchenbuch unter T – wie Terrorist. Alles läuft über Verbindungen und informelle Kontakte.«

»Was war sein Auftrag in Bierstadt?«

»Schmattkow das Geld, das er gestohlen hat, abzujagen.«

»Im Auftrag von Putin?«

»Vermutlich. Dass Demut auf Schmattkow angesetzt war, ist uns erst relativ spät klar geworden. Der Bundesnachrichtendienst hat sich etwas schwergetan mit der Kommunikation. Mir schwante erst etwas, als ich Kati Komba vernommen hatte.«

»Wie das?«

»Kati Komba erwähnte, dass Florin, den sie ja schon einige Male engagiert hatte, unter Diabetes litt. Und zwar am Diabetes Typ 1, der schon in der Kindheit auftritt. Die Symptome sind starker Durst, vermehrtes Wasserlassen, Heißhunger und Juckreiz. Er spritzte sich in Kombas Beisein mehrfach Insulin. Im Transporter der Cateringfirma, in dem Schmattkow weggebracht wurde, fanden wir einen Glucosesensor. Also erinnerte ich mich an Kati Kombas Beobachtung und so kamen wir auf Florin Demut. Er hat wohl auch den Überfall auf das *Café Stoßseufzer* in Auftrag gegeben.«

»Wozu denn das?«

»Der BND klassifiziert das als Nebelkerze. Unruhe schaffen in der Bierstädter Schwulenszene, um allgemeine Verwirrung zu erzeugen.«

»Und warum wollte Demut die ganze Sache den Schwulenhassern in die Schuhe schieben?«

»Es passte doch gut ins Bild. Die Hochzeit, die allgemeine Diskussion über Outing, die Homophobie in Russland und die latente Schwulenfeindlichkeit auch hier in Bierstadt – alles perfekt, um den wirklichen Hintergrund der Tat zu verschleiern.«

Das klang plausibel. »Was passiert in Zürich?«

»Nicht in Zürich. In Liechtenstein. Schmattkow hat rund 200 Millionen Euro bei einer Bank in Vaduz gebunkert – glauben wir. Welche Bank es genau ist, wissen wir aber nicht. Die Behörden in Liechtenstein geben uns keinerlei Auskunft. Wir gehen davon aus, dass Demut Schmattkow zwingen soll, dieses Geld zu transferieren.«

»Und das soll morgen geschehen?«

»Das nehmen wir an.«

»Woher wisst ihr, dass die beiden in Liechtenstein sind?«

»Die *Prinzenbörse*. Du hast mir mal gesagt, dass Demut dort unter dem Nicknamen *SweetSixteen* registriert ist. Seither wird jede Aktivität auf diesem Profil von uns beobachtet. Heute früh hat sich Demut mit einem Smartphone eingeloggt und nach Post gesehen. Das Handy konnte geortet werden. Es war in Vaduz.«

»Oh, dann hat er auch einen netten Brief von mir gefunden, den ich ihm als *Schokokuss* geschrieben habe«, grinste ich.

»Hätte ich mir ja denken können, dass du das nicht auslässt«, stöhnte Kleist.

»Welche Rolle spielt Tobias Großebohm? Hängt er auch mit drin?«

»Er ist ahnungslos. Schmattkow allerdings scheint Schwierigkeiten befürchtet zu haben, denn er hat auf mehrere Konten, die auf Großebohms Namen laufen, jeweils knapp zehntausend Euro in bar eingezahlt – immer nur so viel, dass kein

Nachweis nach dem Geldwäschegesetz gefordert wurde. Insgesamt kommen so einhunderttausend Euro zusammen.«

»So hat *Hot Tobi* ein nettes Polster für die Zukunft«, meinte ich. »Und jetzt noch eine Frage: Was hat Demut mit dem Mord an Felix Mohr zu tun?«

Diese Frage konnte Kleist auch nicht beantworten. Die schreckliche Tat passte nicht zum Gesamtkomplex. Noch nicht.

Während des restlichen Tages versuchte ich immer wieder, Florin Demut gedanklich den Mord an Felix Mohr »anzuhängen«, doch es wollte mir nicht gelingen.

Fürstliche Geldwäsche

Kleist war früh reisefertig. Kollegen von Interpol würden ihn in Zürich am Flughafen abholen. Vaduz lag nur achtzig Kilometer entfernt.

»Wie willst du denn herausbekommen, auf welcher Bank Schmattkow seine gestohlenen Millionen geparkt hat?«, fragte ich.

»Jede Bank in Vaduz wird observiert. Die Kollegen haben Fotos von Schmattkow und Demut. Die beiden sind ja ein ziemlich auffälliges Paar.«

»Ich dachte, Liechtenstein sei inzwischen relativ sauber«, sagte ich. »Gab es da nicht mal diesen Skandal mit dem Postfritzen?«

»Ja. Klaus Zumwinkel. Vor sechs Jahren. Er hatte Schwarzgeld in Liechtenstein deponiert. Und das ist ihm nicht gut bekommen. Seither will man die Bestimmungen verschärft haben. Es gibt in diesem kleinen Fürstentum inzwischen sogar eine Meldestelle für Geldwäsche – an deren Durchschlagskraft allerdings erhebliche Zweifel bestehen.« Kleist schaute auf die Uhr. »Ich muss los.«

Ich begleitete ihn zum Taxi und winkte ihm hinterher – wie eine brave Ehefrau.

Im Internet schaute ich mir liechtensteinische Banken an. Von der dortigen Zentralbank war sogar die Fassade zu sehen – ein unauffälliges modernes Steingebäude mit viel Glas. Laut Homepage durften sich besonders internationale Kunden in dem Geldinstitut richtig wohlfühlen.

Gemeinsam zum Erfolg – hieß es da.

Wir bringen Sie voran und bieten Ihnen innovative Leistungen. Wir betreuen Ihr Portfolio und verwalten gemischte Mandate sowie Spezialprodukte nach einem wertorientierten Investmentansatz: Value made in Liechtenstein. Unsere Stärken liegen in der Asset Allocation, Titelselektion und Portfoliokonstruktion sowie im Management und Research unserer Fondspalette.

Hörte sich ja toll an. Nicht, dass ich etwas verstanden hätte. Auf meinen Konten konnte ich nur die roten von den schwarzen Zahlen unterscheiden.

Monetäre Gewichtsprobleme

In der Redaktion beobachtete ich die Meldungen der Agenturen und die Nachrichtensendungen. Kleist hatte mir verboten, ihn anzurufen, um die Aktion nicht zu stören. Dafür hatte er mir versprechen müssen, mich zu informieren, wenn etwas passieren würde.

Schnack hatte morgens wie immer die Arbeit verteilt. Ich

telefonierte ein wenig herum, um einen Nachklapp zur geplatzten Hochzeit zusammenzuschreiben, und las die überregionalen Zeitungen und Online-Produkte. Bierstadt hatte es geschafft, die ersten Seiten zu erobern. Obwohl ja ein Verbrechen stattgefunden hatte, betrachteten die Journalisten den Vorfall eher als Lachnummer.

Mehr Mitleid zeigten die Leser in den Blogs. Großebohms Appell im Fernsehen hatte die Herzen geöffnet. Auch beim *Tageblatt* waren viele Mails eingegangen, in denen sich die Menschen Sorgen um Jewgeni Schmattkow machten.

Und wir Journalisten bekamen unser Fett weg. Dass wir als Berufsgruppe nicht besonders geachtet wurden, war lange bekannt. In Meinungsumfragen rangierten wir am unteren Ende der Skala zusammen mit Politikern und Gewerkschaftern.

Ihr seid Schmierfinken …

Ihr verdreht, übertreibt und lügt …

Ihr macht Leute fertig, bis sie nicht mehr können …

Die Verdienste der Medien bei der Aufdeckung großer Skandale blieben leider unerwähnt.

Lustlos beantwortete ich einige Lesermails, schaute ständig auf die Uhr und beobachtete die Eilmeldungen auf dem Schirm.

Wayne kam mit zwei Bechern dampfendem Kaffee ins Großraumbüro.

»Was ist los, Grappa-Baby? Hattest du schlechten Sex?«, fragte er.

»Schlimmer«, murrte ich. »Gar keinen Sex.«

Er stellte die Tassen ab. »Für dich. Kann ich sonst was für dich tun?«

»Heute passiert noch was, ich hab's im Gefühl«, sinnierte ich.

»Was denn?«

»Ich denke gerade an Schmattkows Geld. 170 Millionen. Weißt du, wie schwer so viel Geld ist?«

Er sah mich verdattert an. »Das kommt auf die Zusammensetzung an. Wenn du 170 Millionen in Ein-Euro-Stücken tragen willst, ist das Gewicht sehr viel größer, als wenn du nur Papiernoten hast. Warte mal – ich rechne das mal aus.«

Er klappte sein Tablet auf und tippte los. Es dauerte nicht lange, bis er mir vorrechnete: »Hier haben wir es doch schon: Eine Million in Ein-Euro-Münzen hat ein Gewicht von 7,5 Tonnen. Ein einziger Geldstapel mit einer Million Münzen wäre 2,33 Kilometer hoch und hätte ein Volumen von mindestens 1.260 Litern. Wenn du die Münzen einschmilzt, wäre das etwa ein Volumen von 990 Litern. Und diese Zahlen beziehen sich nur auf eine Million!«

»Gut, dann nehme ich doch lieber Scheine.«

»Gerne. Moment.«

Er tippte erneut.

»Das geht schon eher. Eine Million in Fünfhundert-Euro-Noten wiegt 2,24 Kilogramm. Mal 170. Ein einziger Geldstapel mit zweitausend neuen Banknoten wäre zwanzig Zentimeter hoch und hätte ein Volumen von rund 2,6 Litern. Für die Münzen brauchst du also ein Lkw-Geschwader, für die Scheine nur dein Auto. Wann holen wir die Kohle ab?«

»Ich glaube, ich nehme lieber einen Scheck. Der passt in meine Handtasche.«

Wayne sah an mir vorbei. »Guck mal, was ist denn da los?«

Ich schnellte herum. Der Nachrichtensender N 24 brachte eine Live-Übertragung. Hinter der blond gelockten Moderatorin flimmerten Bilder. Ein Gebäude mit viel Stein und Glas.

Ich stellte den Ton laut:

	… zurzeit ist die Liechtensteinische Landesbank von Polizei und Sicherheitskräften umstellt. Unser Reporter ist live vor Ort. Was ist da heute Mittag passiert?
Reporter:	*Viel wissen wir noch nicht, viele Fragen sind offen. Fest steht, dass vor etwa zwei Stunden ein unbekannter Mann mit einem Reisetrolley die Liechtensteinische Landesbank betreten hat. Er übergab einem Bankmitarbeiter einen Zettel. Die Bank setzte daraufhin einen Notruf ab. Es soll ein Telefonat zwischen dem Sicherheitsbeauftragten der Bank und der Polizei gegeben haben. Daraufhin wurde das gesamte Viertel abgesperrt. Hinter mir sehen Sie das Hauptgebäude. Es werden etwa hundertfünfzig Menschen darin vermutet, Mitarbeiter der Bank und Kunden. Da die Sicherheitskräfte mit gepanzerten Fahrzeugen angerückt sind, vermuten wir, dass Sprengstoff eine Rolle spielt.*
Frage:	*Gibt es Forderungen des Mannes? Anhaltspunkte, wer er sein könnte?*
Reporter:	*Er soll mittleren Alters sein. Das zeigen die Aufnahmen einer Überwachungskamera, die gegenüber dem Eingang der Bank installiert ist. Mehr weiß hier niemand, die Polizei hat eine Nachrichtensperre verhängt und lässt uns – gelinde gesagt – am langen Arm verhungern. Und damit zurück ins Studio.*

»Schmattkow«, sagte ich. »Er holt sein Geld ab.«

»Wie bitte? Schmattkow ist gestern entführt worden und niemand weiß, wo er sich aufhält«, rief Wayne aus.

»In Vaduz.«

»Du spinnst, Grappa!«

»Nö. Aber das bleibt erst mal unter uns, okay?«

Denksportaufgaben

Die Presseagenturen überschlugen sich in Spekulationen. Wayne und ich hingen am Fernseher, doch die Aussagen wiederholten sich nur.

Am Nachmittag schließlich schaltete der Nachrichtensender wieder live nach Vaduz. Der unbekannte Mann verließ vor den Augen zahlreicher Fernsehkameras die *Liechtensteinische Landesbank*. Er war mit einer Sonnenbrille getarnt, hatte einen Hut mit breiter Krempe ins Gesicht gezogen und trug einen weiten Mantel. Die Kamera zoomte näher heran.

»Das ist Schmattkow«, stellte ich fest.

»Tatsächlich«, gab Wayne zu. »Und jetzt möchte ich wissen, wieso du das vorhin schon gewusst hast.«

»Gleich!«

Die Kamera tastete Schmattkow ab und schwenkte nach unten. Er hatte den Trolley immer noch dabei und zog ihn hinter sich her. Ein aluminiumfarbenes Teil.

»Das ist der Mann, der hundertfünfzig Menschen mehrere Stunden lang bedroht und in Atem gehalten hat«, meldete sich der Reporter zu Wort. »Was sich in der Bank abgespielt hat, ist noch immer nicht ganz klar.«

Die Kamera versuchte, Schmattkow im Bild zu behalten, doch irgendwann verlor sie ihn. Ob die Einsatzkräfte ihm folgten, zeigten die Bilder nicht.

Reporter: *Neben mir steht der Polizeichef der Landespolizei Liechtenstein, Herr Jerôme Klein. Was können Sie uns mitteilen?*

Klein: *Am Morgen besuchte der russische Staatsbürger Jewgeni Schmattkow, der Kunde der Liechtensteinischen Landesbank ist, das Geldinstitut und übergab am Schalter ein Papier, in dem geschrieben war, dass er eine Weste mit Sprengstoff trug. Zum Beweis öffnete er seinen Mantel und ließ ein rot blinkendes Signal sehen. Weiterhin wurde in dem Schreiben verlangt, dass Geld in den mitgeführten Koffer des Schmattkow gefüllt werden sollte – und zwar als Auszahlung vom Konto des Kunden. Falls die Bank sich weigere, werde der Mann in die Luft gesprengt. Der Bankangestellte meldete den Fall dem Direktor und dem Sicherheitschef.*

Reporter: *Was haben die beiden unternommen?*

Klein: *Sie haben sich die Kontodaten geholt und festgestellt, dass die Forderung durch das Guthaben des Kunden gedeckt war. Der Sicherheitschef hat die Landespolizei informiert und wir haben den Herren geraten, die Forderungen in vollem Umfange zu erfüllen. Als der Koffer fertig gepackt war, verließ der Kunde das Haus, wovon Sie sich ja eben überzeugen konnten. Wie hoch die abtransportierte Summe ist, kann ich nicht sagen. Ich möchte aber betonen, dass der Landesbank kein finanzieller Schaden entstanden ist.*

»Das ist ja die Hauptsache«, meinte ich. »Glaubst du jetzt immer noch, dass ich spinne?«

»Kleist wusste Bescheid, oder?«

Ich erzählte Wayne alles.

»Das ist ja eine schräge Story«, rief er, als ich endete. »Und wo ist dein Botticelli-Engel jetzt?«

»Ich hoffe, dass er Schmattkow vom Sprengstoff befreit und sich mit dem Geld abgesetzt hat. Kannst du noch mal dein Tablet aufklappen?«

»Klar.«

»Also. Der Trolley, den Schmattkow bei sich hatte, ist voller Geld. Vermutlich große Scheine. Der größte Euroschein ist der Fünfhunderter. Ich schätze, dass der rollende Koffer so groß ist wie der, den ich immer mit auf Reisen nehme. Sechzig mal vierzig mal dreißig – geschätztes Innenmaß. Geschätztes Volumen: achtzig Liter. Und jetzt sag mir mal, wie viele Fünfhundert-Euro-Scheine in den Trolley passen. Und – Schmattkow muss den Koffer noch heben können.«

»Immer diese Denksportaufgaben!«, maulte er.

»Nur eine Herausforderung.«

»Gut. Moment.«

Es dauerte tatsächlich nicht lang. »27 Millionen«, stellte er fest. »Nicht übel.«

»Oha. Ein Hoeneß.«

»Ein Hoeneß?«

»Ja. Ein Hoeneß entspricht 27 bis 29 Millionen Euro. Mittlere Steuerschulden werden jetzt in Hoeneß angegeben. Wer dem Staat 100 Millionen schuldet, muss knapp vier Hoeneß abdrücken. Mal zwei als Strafe.«

»Und vier mal dreieinhalb Jahre sitzen?«

»Nee, da gibt's Rabatt.«

»Ich hab den falschen Beruf.«

Kein Schaden für das Fürstentum

Florin Demut hatte sie alle ausgetrickst. Schmattkow mit Sprengstoff zu verkabeln, war eine geniale Idee. Der Russe bekam seine Anweisungen per Handy, während Demut sich irgendwo versteckt hielt.

Warum meldete sich Kleist nicht? Die Aktion war doch längst beendet.

Schnack stürzte ins Großraumbüro. »Wer hat Schmattkow entführt? Sie wissen doch immer mehr als wir alle zusammen, Frau Grappa.«

»Meine Informationen sind vertraulich, Herr Schnack«, entgegnete ich. »Noch jedenfalls. Ich denke aber, dass ohnehin bald bekannt wird, wer den Russen in die Bank geschickt hat.«

»Der russische Geheimdienst steckt dahinter, oder?«

Ich antwortete nicht. Der Sender berichtete erneut live.

Reporter: *Der Mann, der uns seit dem Morgen in Atem hält, ist gesichtet worden. Schmattkow ist mit dem Koffer voller Geld in einen Bus gestiegen und zum Bahnhof Schaan gefahren. Die Spezialtruppe der Landespolizei ist dem Bus gefolgt und hat Schmattkow in Empfang genommen, als er ausstieg. Er war immer noch im Besitz des Geldkoffers. Hier ein Foto. Es zeigt den Mann mit dem silberfarbenen Koffer. Neben mir noch einmal der Einsatzleiter Jerôme Klein. Was ist mit der Gefahr durch den Sprengstoff?*

Klein: *Herr Schmattkow hat uns das Mobiltelefon übergeben, über das der Entführer Kontakt zu ihm hielt. Dieser informierte uns, dass keine Gefahr mehr bestehe. Unsere Experten haben die Gerätschaft untersucht, die Schmattkow am Leib trug, und Entwarnung gegeben. Es handelte sich um eine Attrappe, allerdings um eine wirklich gute.*

Reporter: *Was ist mit dem Geld? Ist es noch vollständig vorhanden?*

Klein: *Der Koffer ist mit Papier gefüllt. Das Geld ist weg. Weitere Informationen geben wir heraus, nachdem Schmattkow vernommen worden ist.*

Reporter: *Sie haben keinerlei Anhaltspunkte, wo diese ungeheure Summe von über zwanzig Millionen Euro geblieben ist?*

Klein: *Sie müssen sich gedulden. Aber ich weise noch einmal darauf hin, dass dieses Geld Herrn Schmattkow gehört hat, sodass außer der Bedrohung mit Sprengstoff dem Fürstentum Liechtenstein und seinen Bewohnern kein Schaden entstanden ist.*

»Genialer Coup«, meinte ich. »Besser kann man sich das nicht ausdenken.«

»Die müssen den Koffer ausgetauscht haben«, stellte Schnack intelligenterweise fest.

»Genau, Chef«, nickte Wayne. »Vermutlich in dem Bus. Ein zweiter identischer Koffer. Der Täter mit dem Geldkoffer steigt vor Schmattkow aus dem Bus, zieht mit der Kohle davon, setzt sich gemütlich ins Auto und fährt munter über die europäischen Grenzen. Warum bin ich nicht auf diese Idee gekommen?«

Ich schrieb meinen Artikel, Wayne sah die Fotos durch, die der Sender und die Presseagenturen anboten.

ENTFÜHRTER RUSSE RÄUMT EIGENES KONTO LEER

titelte ich.

> Jewgeni Schmattkow, der Mann, der in Bierstadt seinen Lebenspartner heiraten wollte und auf seinem Polterabend entführt wurde, ist heute im Fürstentum Liechtenstein aufgetaucht und hat von seinem eigenen Konto in Vaduz mehrere Millionen Euro abgehoben. Der noch unbekannte Entführer des Exagrarministers gab ihm durch ein Mobiltelefon Anweisungen. Die Landespolizei griff nicht ein, denn Schmattkow trug Sprengstoff am Körper, der ferngezündet werden konnte …

»Warum erwähnst du Florin Demut nicht?«, fragte Wayne. »Du weißt doch, dass er der Entführer ist!«

»Ich habe keine offizielle Bestätigung und ein Versprechen abgegeben.«

»Verstehe. Dein Privatkommissar hat Karten im Spiel. Warum ruft er dich denn nicht an?«

»Das frage ich mich auch.«

Ich ließ den Artikel durch Schnack absegnen, fuhr nach Hause und schaltete den Fernseher ein. Leider sickerten keine neuen Informationen mehr durch.

Der gute deutsche Beamte

Kleist traf nach der *Tagesschau* ein. Er hatte noch einen Spätflug zurück erwischt.

»Wo ist Schmattkow? Wo ist Demut? Wo ist das Geld?«

Er erzählte mir alles der Reihe nach und die Geschichte ging so:

Schmattkow gelangte ohne Probleme in die Bank, denn den Sicherheitskräften waren zwei Männer angekündigt worden. Eine Überprüfung aller Besucher der Bank hatte die Landespolizei abgelehnt, um kein unnötiges Aufsehen zu erregen.

Schmattkow zeigte den Sprengstoff und bekam das Geld – mehr als zwanzig Millionen Euro in bar. Über das Handy erhielt er die Anweisung von Demut, mit dem Koffer die Bank zu verlassen und in die Buslinie 11 einzusteigen, Richtung Bahnhof Schaan. Vaduz selbst hat ja keinen Bahnhof.

Kleist folgte ihm.

Das kam mir ziemlich abenteuerlich vor. »Wieso bist du in den Bus gestiegen? Der Schmattkow kennt dich doch.«

»Der Bus war voll und er befand sich durch den Sprengstoff und die Anweisungen seines Entführers in einer psychischen Ausnahmesituation. Der hatte keine Zeit, sich die anderen Fahrgäste anzugucken.«

»Und was passierte dann?«

»Es kam zur Taschentauschnummer, wie man sie in jedem schlechten Agentenfilm zu sehen bekommt. Eine Frau mit Gepäck, groß gewachsen und elegant gekleidet, drückte sich an den Fahrgästen vorbei Richtung Schmattkow. Sie hatte genau so einen Trolley wie Schmattkow dabei, stellte ihren neben seinem ab, griff sich den mit dem Geld und arbeitete sich zum Ausgang weiter. Schmattkow hat nicht gemuckst – er hatte wohl entsprechende Anweisungen bekommen.«

»Kanntest du die Frau?«

»Das war Florin Demut in Verkleidung. Er hat Schmattkow angewiesen, bis zum Bahnhof weiterzufahren, und ist selbst vorher mit dem Geld ausgestiegen. Am Bahnhof haben die Schweizer Polizisten dann nur den Russen in Empfang nehmen können.«

»Du hast Demut einfach laufen lassen?«

»Ich habe keine Kompetenzen in Liechtenstein.«

»Das ist jetzt nicht dein Ernst!«, rief ich aus.

Kleist lachte. »Warum sollte ich dafür sorgen, dass ein Russe, der sein eigenes Volk bestohlen hat, sein Geld wiederbekommt?«

»Schon besser! Aber du bist ein guter deutscher Beamter – das passt nicht dazu.«

»Gut, ich sage, wie es war. Natürlich wollte ich Demut festnehmen, als er ausstieg. Darum bin ich gleich hinter ihm her. Doch dann kletterten aus einem geparkten Auto zwei Männer, gingen auf Demut zu und begrüßten ihn sehr überschwänglich.«

»Aha.«

»Du kennst die beiden Männer.«

In meinem Hirn setzte sich ein unfassbares Bild zusammen.

»Ich habe ein Foto von der Begrüßungsszene gemacht. Möchtest du es sehen?«

»Her damit!«

Lächelnd zog der bisher perfekte deutsche Kriminalbeamte sein Smartphone aus dem Jackett, tippte kurz und reichte es mir.

Ich sah eine groß gewachsene Frau mit schulterlangem brünetten Haar, einem schicken dunkelroten Hosenanzug und einem braunen Umzugskarton. Neben ihr zwei Männer – lachend und offensichtlich bester Laune.

»Demut, Baum und Beck. Sie haben Schmattkow abgezockt.«

»Das ist ein Ding! Wo ist Schmattkow jetzt?«

»Noch in Vaduz. Er hat angekündigt, politisches Asyl in Liechtenstein beantragen zu wollen. Mit etwa 150 Millionen Euro auf der hohen Kante dürfte er im Fürstentum willkommen sein. Er wird dort niemandem zur Last fallen – ganz im Gegenteil.«

Das klang nach einer guten Zukunftsplanung.

»Er will nicht nach Deutschland zurück?«, vergewisserte ich mich.

»So ist es. Er fühlt sich in Bierstadt nicht mehr sicher.«

»Ahnt er, wer ihm das Geld abgeknöpft hat?«

»Ich glaube nicht. Er hat ausgesagt, dass ihm die Frau, die den Koffer getauscht hat, völlig unbekannt sei. Er will im Übrigen gegen die Entführer nichts unternehmen.«

»Wie soll das denn gehen?«, wandte ich ein. »Entführung ist ein Offizialdelikt. Die Staatsanwaltschaft muss der Sache nachgehen.«

»Schmattkow sagt, es sei ein Scherz gewesen. Eine Junggesellenentführung. Angeblich eine alte russische Tradition.«

»Und das Geld? Will er es nicht wiederhaben?«

»Offiziell schon, aber viel Nachdruck hat er dieser Forderung nicht verliehen. Er hat wohl Angst, dass dann nachgeforscht wird, wie er überhaupt an die Millionen gekommen ist.«

Ich fasste es nicht, wie sich plötzlich alles in Wohlgefallen auflöste. »Was ist mit der Sprengstoffdrohung?«

Kleist lachte. »Versuchte Nötigung, Bedrohung ... Ja, daran arbeiten die liechtensteinischen Behörden sicherlich mit Hochdruck«, spottete er.

Urlaub in Schwulistan

Demut, Baum und Beck nehmen ein Flugzeug in die Karibik, kaufen sich für eine Million eine kleine, noch unbewohnte Insel, die etwa die Größe von Bierstadt hat – das sind ungefähr 280 Quadratkilometer. Sie rufen die *Freie karibische Republik Schwulistan* aus.

Ich bin zusammen mit Mäggi Wurbel-Simonis auf dem Weg dorthin.

»Wie schön es hier ist‹, schwärmt Mäggi.

Sie hat recht. Ein sanft ins türkisfarbene Meer herabfallender Sandstrand, überall schöne Menschen – badend, surfend, lachend oder sexelnd. Der Sand ist fein und rosafarben.

Schischi Baum kommt lächelnd auf uns zu.

»Haben wir das Geld nicht gut angelegt?«, fragt er und drückt mir einen Kuss auf die Wange.

Mäggi legt ihr Chanel-Kostüm ab und stürzt sich mit entzückten Schreien in die Fluten. Die Sekretärinnen Susi und Stella lustwandeln am Strand – sie sind braun gebrannt, nur mit einem Laptop bekleidet, lassen sich in einen Liegestuhl fallen und beantworten emsig die Redaktionspost. Simon Harras und Bärchen Biber tollen – so wie Gott sie schuf – im blauen Meer. Ihr Kichern klingt rollig.

Plötzlich sehe ich Frau Schmitz. Die Bäckerin trägt ein lockeres weißes Gewand und sieht aus wie ein alter Engel. Ihr Haar glänzt in der Sonne. In den Händen hat sie einen Korb gefüllt mit Mandelhörnchen.

Sie sagt: »Für dich, Frau Grappa.«

Ich greife zu, doch die Hörnchen haben keine Schokoladenenden und die Form eines männlichen Geschlechtsteils.

»Die will ich nicht«, sage ich. »Das habe ich doch schon das letzte Mal gesagt.«

Die Bäckerin macht ein unglückliches Gesicht. »Es ist zu heiß für Schokoladenenden und die Form ist von der Regierung Schwulistans vorgeschrieben. Warte mal, Frau Grappa, ich hab eine Idee.«

Frau Schmitz nimmt ein Hörnchen und bricht es in der Mitte durch. Jetzt hat das eine Teil eine Bananenform und der Rest sieht aus wie eine doppelt gerundete Kartoffel. »Jetzt iss das, Frau Grappa.«

Ich beiße hinein und …

… wachte auf.

»Was ist los mit dir?«, fragte Kleist. »Du hast die halbe Nacht vor dich hin gekichert.«

»Ich weiß, wo die Kohle ist«, nuschelte ich verschlafen. »Schon mal was von der *Freien karibischen Republik Schwulistan* gehört?«

Mein Traum bescherte uns ein fröhliches Frühstück. Wir sponnen die Geschichte um die Bevölkerung von *Schwulistan* weiter, krönten Mäggi zur Königin und ernannten Beck zum Kulturminister.

»Spätestens als die Sekretärinnen die dienstliche Post so fleißig bearbeiteten, wusste ich, dass alles ein Traum sein musste«, griente ich.

»Du bist ein Schandmaul«, meinte Kleist.

»Stimmt«, gab ich zu. »Aber der Gag war zu gut, um ihn auslassen zu können. Wie geht es jetzt eigentlich weiter? Leben alle Beteiligten nun glücklich und zufrieden bis an ihr Lebensende?«

»Wäre das nicht schön?«

»Nein, das ist mir zu einfach«, antwortete ich. »Leitest du mir das Foto weiter, das du in Vaduz von unserem Trio gemacht hast?«

»Was hast du vor?«

Ich erzählte ihm von meinen Plänen und er hatte nichts gegen sie einzuwenden.

Wir ließen einige Tage vergehen. Kleist hatte dienstlich wieder in der Landeshauptstadt zu tun, ich erledigte meinen Job in der Redaktion. Kaum einer sprach mehr von der geplatzten Hochzeit im Bierstädter Rathaus. Die Stadtverwaltung spendete die T-Shirts, die Tassen und die Fähnchen den *Klemmschwestern,* die sich bei einem Pressetermin artig bedankten und versprachen, das Material bei der nächsten Demonstration sachgemäß gegen die *Gesellschaft für Lebensfragen* einzusetzen. Die Regenbogen-Kaffeebecher landeten im *Café Stoßseufzer.*

Was sich hinten reimt

Schließlich kam der Moment, in dem ich die Handynummer von Schischi Baum wählte. Es war nur die Mailbox geschaltet. Ich bat um Rückruf. Der kam prompt.

»Können wir uns im *Stoßseufzer* treffen?«, fragte ich.

»Ja. Um was geht es denn?« In seiner Stimme war etwas Verunsicherung zu vernehmen.

»Mich interessiert Ihre Arbeit. Durch das ganze Chaos wegen der geplatzten Hochzeit hab ich mich nicht dafür interessieren können, was die *Klemmschwestern* leisten. Das möchte ich jetzt nachholen.«

»Dann treffen wir uns in einer Stunde«, schlug er vor.

Das lief ja gut.

Im Großraumbüro fragte ich Mäggi Wurbel-Simonis, ob Jonas Beck im Lande sei.

Sie bejahte es. »Er war letzte Woche arbeitsunfähig«, wusste sie. »Die Zweitbesetzung bei *Anatevka* hatte bei Weitem nicht seine Klasse. Aber jetzt singt er ja wieder, und zwar besser als je.«

Mit ein paar Millionen im Rücken würde ich auch singen wie eine Nachtigall, dachte ich.

»Wer war arbeitsunfähig?«, fragte Wayne. Er hatte einen Teil des Gesprächs mitbekommen.

»Der Tenor. Jonas Beck«, erklärte ich. »Erst war er krank, doch jetzt singt er wieder, Gott sei Dank.«

»Du kannst ja dichten, Grappa-Baby«, wunderte er sich.

»Aber nur, wenn ich hinten reimen darf«, entgegnete ich. »Gehen wir auf einen Kaffee in die Kantine?«

Ich weihte Wayne ein und berichtete, was wirklich in Liechtenstein passiert war. Zuletzt zeigte ich ihm das Foto mit den drei Tätern, das ich inzwischen ausgedruckt hatte.

Er betrachtete es und lachte los. »Grappa, diese Jungs sind genial. Sie klauen einem Dieb ein paar Millionen, tricksen die Bullen aus und machen sich ein schönes Leben. Und was willst du jetzt von Schischi Baum?«

»Ich will seine Pläne kennenlernen. Was das Trio mit der Kohle vorhat. Und wissen, wo Florin Demut ist. Er ist der Kopf der Kombo.«

»Weiß Kleist Bescheid, dass du ihn triffst?«

»Ja. Ich weiß zwar nicht, ob ich diese Story jemals in einer Zeitung veröffentlichen kann, aber für ein Buch reicht es allemal. Fiktional mit Bezügen zur Realität.«

»Du willst ein Buch schreiben?«

»Ja. Einen Krimi. Weißt du, viele halten schwule Männer für sanft, soft und irgendwie feige. Ich selbst hab ja auch so gedacht. Doch Demut, Baum und Beck stehen für das Gegenteil, und zwar auf eine sehr einfallsreiche, intelligente und humorvolle Art. Kleist hält das auch für eine gute Idee.«

»Na, dann ist ja alles prima«, sagte er. »Und was soll ich dabei?«

»Fotos machen. Für den Fall, dass ich doch darüber im

Tageblatt schreibe. Oder für den *Spiegel* oder den *Stern*. Kommt ja darauf an, wie die Geschichte enden wird.«

Leben ein- und aushauchen

Schischi Baum wartete schon im *Stoßseufzer* und schlürfte seinen üblichen Kakao mit dem Sahnehäubchen obendrauf. Er begrüßte uns arglos.

»Alles gut bei Ihnen?«, fragte ich.

»Ja, sicher. War ja eine Menge los die letzte Zeit.«

»Stimmt«, nickte Wayne. »Entführung, die geplatzte Hochzeit und dann die verschwundenen Millionen vom Konto des Russen. Es gab einiges für uns zu tun.«

»Ich weiß. Stand ja alles in den Zeitungen und kam im Fernsehen. Es wird Zeit, dass in Bierstadt wieder Ruhe einkehrt.« Schischi leckte den Sahnelöffel ab und er tat das auf eine sehr charmante Art.

»Bald wird Gras über die Sache gewachsen sein«, meinte ich. »Wissen Sie, was Tobias Großebohm jetzt plant?«

»Er wird Schmattkow nach Liechtenstein folgen. Sie wollen dort in aller Stille heiraten – so hörte ich.«

»Sie sind wie immer bestens informiert«, stellte ich fest.

»So groß ist die Bierstädter Szene nun auch nicht, dass man eine solche Neuigkeit verpassen könnte.« Er sah mich durchdringend an. »Und jetzt sind Sie hier, um einen Bericht über die *Klemmschwestern* und ihre Arbeit zu schreiben?«

»Ja, warum nicht?«

Eine leichte Spannung lag in der Luft. Zum Glück erschien die Bedienung. Wayne und ich bestellten Rotbusch-Tee.

»Aber bitte in den schönen neuen Bechern mit den Regenbogenfarben«, bat ich.

»Ja, die Spende der Stadt«, lächelte Baum. »Sehr nett von denen, wirklich. Nur das Hochzeitsdatum auf der Tasse stört, aber das kann man ja mit ein bisschen gutem Willen überlesen. Linkshänder sind hier echt im Vorteil.«

Er führte es uns vor. Wir lachten, doch echt klang es bei keinem von uns.

»Frau Grappa«, sagte Baum ernst. »Was wollen Sie wirklich? Es passt nicht zu Ihnen, wie eine Katze um den heißen Brei zu schleichen.«

»Gut.« Ich zog das Foto aus der Tasche und reichte es ihm.

Er zuckte nicht mit der Wimper. »Mein Mann und ich, eine schöne Frau und ein Koffer«, stellte er fest.

»Ich interpretiere das Bild anders«, entgegnete ich. »Drei Entführer und ein Koffer mit etlichen Millionen.«

»Wie wollen Sie das beweisen?«

»Sie wissen, dass ich es weiß. Und derjenige, der den Schnappschuss gemacht hat, war in Vaduz dabei.«

»Und warum haben Sie das Bild nicht den Behörden übergeben?«, fragte er.

Der Kellner brachte den Tee.

»Schmattkow behauptet, die Entführung sei keine gewesen, sondern eine russische Junggesellenentführung, wie sie in seinem Land Tradition ist. Also ermittelt die Staatsanwaltschaft nicht mehr wegen Freiheitsberaubung. Allenfalls wegen Nötigung oder Bedrohung der Polterabendgäste. Und wegen Diebstahls wird auch nicht ermittelt, weil Schmattkow sein eigenes Geld abgehoben hat und keine Anzeige erstattet. Ihnen kann also nicht viel passieren. Außer einer Schädigung Ihres guten Rufes.«

»Und jetzt wollen Sie von dem Geld etwas abhaben?«

»Sie verkennen mich. Ich bin nur neugierig und will wissen, was Sie weiter planen.«

»Das kann ich Ihnen verraten.« Er griff in seine Jacke und zog ein Papier heraus. Es war eine Pressemitteilung.

»Diese Notiz ist heute früh an alle Medien rausgegangen«, behauptete er. »Mich wundert, dass Sie sie nicht kennen.«

»Das war wohl zu früh für unsere Sekretärinnen«, seufzte ich. »Vielleicht hab ich's aber auch übersehen.«

Ich las:

Verein baut Reha-Zentrum für Opfer antischwuler Gewalt in Bierstadt. Der Verein Klemmschwestern e. V. hat einen ehrgeizigen Plan: Er wird in Bierstadt ein großes Krankenhaus für die Opfer von Gewaltverbrechen einrichten. Durch eine Millionenerbschaft hat der Verein die Möglichkeit, ein leer stehendes Bürogebäude zu kaufen und umzubauen. Stadt, Land, Krankenkassen und private Sponsoren werden die laufenden Kosten übernehmen. Baubeginn ist der Januar kommenden Jahres. Zunächst sind zwanzig Therapieplätze geplant.

»Das ist ein Ding!«, sagte ich. »Kompliment. Können wir uns dieses leere Bürogebäude mal ansehen? Dann hätten wir noch ein schönes Foto für die morgige Ausgabe.«

Bei dem Haus handelte es sich um das leer gezogene, frühere Verwaltungsgebäude einer Krankenversicherung. Es stand nur hundert Meter von den Städtischen Bühnen und der City entfernt. Die Stadt bemühte sich schon seit Jahren, dem Hochhaus wieder Leben einzuhauchen – jetzt endlich erfolgreich.

Schischi Baum posierte geduldig vor dem Bau und erklärte uns die Umbaupläne.

»Wie sind Sie auf diese Idee gekommen?«

»Der Auslöser war ein Fall, den wir vor etwa einem Jahr betreut haben. Ein sechzehnjähriger junger Mann wandte sich an uns. Er befand sich in einer undeutlichen Phase. Er fühlte sich zu Männern hingezogen, hatte aber Angst, sich dazu zu bekennen. Er unterzog sich bei einem unserer Psychologen einer Gesprächstherapie. Und dann geschah das Unvorstellbare.«

»Was?«

»Er wurde von einem Bekannten seines Vaters brutal vergewaltigt. Damit nicht genug, hatte der Täter das Ganze gefilmt und dem Jungen gedroht, die Aufnahmen ins Internet zu setzen, falls er ihn anzeigen sollte. Deshalb hat Louis unseren Rat auch nicht befolgt, zur Polizei zu gehen. Eine Woche nach dem Verbrechen legte er sich auf die Schienen. Wir bieten am Wochenende keine Sprechstunden an und Louis stand vor verschlossenen Türen. Wir haben voll versagt. In Zukunft können die Opfer solcher Taten bei uns stationär untergebracht und betreut werden.«

»Ich erinnere mich an die Geschichte«, sagte ich. »Das war eine furchtbare Sache.«

»Sie wissen aber noch nicht alles«, fuhr Baum fort. »Es passierte auf meiner Geburtstagsfeier. Ich hatte viele Freunde und auch Bekannte ins Café eingeladen. Der Laden war rappelvoll und auch Felix Mohr war dabei. Wir kannten uns ja vom Sport, also hab ich mir nichts Böses dabei gedacht. Und wie das so ist auf Feten – manche hielten kleine Reden, andere machten Musik und es wurden auch ein paar mehr oder weniger lustige Filmchen gezeigt. Die Stimmung war eigentlich gut.« Er zögerte.

»Raus damit!«, ermunterte ich ihn.

»Jemand hat eine DVD mit einem ganz speziellen Film unter die anderen geschmuggelt.«

»Und das wurde gezeigt?«, fragte ich.

»Genau«, nickte er. »Wir legten die Scheibe ein und drückten auf Play. Natürlich nur so lange, bis uns klar wurde, was da zu sehen war.«

»War Louis dabei?«

»Nein, zum Glück nicht. Aber Mohr, wie gesagt. Er hatte getrunken und beschimpfte uns als miese Schwuchteln – die anderen Ausdrücke will ich nicht wiederholen.«

»Das versteh ich nicht«, sagte ich. »Mohr wollte sich doch mit der Hilfe der *Klemmschwestern* outen und plötzlich pöbelt er so rum?«

»Das ist nicht selten bei Leuten, die noch nicht über den Berg sind. Als einige Freunde ihn rauswerfen wollten, begann er zu randalieren. Florin Demut hat ihn sich dann gepackt – der kann so einen ganz besonderen Griff. Schließlich gelang es uns, Mohr nach draußen zu schaffen. Die Scheibe mit dem Film haben wir vernichtet.«

Wieder im Büro schrieb ich begeistert über das millionenschwere Projekt der *Klemmschwestern.* Ich schilderte aber auch die Initialzündung: den Selbstmord eines jungen Mannes, der alleingelassen worden war.

Schnack schreibt über Angst und einen Deal

Konferenz. Schnack war wütend auf die Staatsanwaltschaft, die die Ermittlungen wegen der Entführung von Schmattkow einstellen wollte.

»Junggesellenentführung?«, schnaubte er. »Dass ich nicht lache! Menschen mit Maschinenpistolen zu bedrohen ist eine alte russische Tradition bei Polterabenden?«

»Andere Länder, andere Sitten«, wagte ich die Grätsche in seine Wutattacke.

»Diese Bemerkung war mal wieder vollkommen daneben, Frau Kollegin!«, bekam ich zu hören. »Ich werde eine Dienstaufsichtsbeschwerde gegen die Staatsanwaltschaft einreichen. Ich werde nach Vaduz reisen und mit Schmattkow Kontakt aufnehmen. Die Sache stinkt doch zum Himmel! Jemand hat dem Mann das Gehirn gewaschen. Ich war dabei, als er entführt wurde, und er hatte Angst. Nackte Angst! Und ich übrigens auch.«

»Kommen Sie denn an ihn heran?«, fragte ich. »Ich hörte, dass er in Liechtenstein politisches Asyl beantragt hat.«

»Woher wollen Sie das denn wissen?«, fragte er.

»Informelle Gespräche.«

»Und warum lese ich das nicht in unserer Zeitung?«, schnappte er.

»Ich wollte es gerade vorschlagen.«

Er gab mir sechzig Zeilen auf der Eins. »Und ich werde das Ende dieser ach so dumm gelaufenen Geschichte kommentieren«, kündigte er an.

Die Kollegen drehten die Augen nach oben. Schnacks Kommentare waren gefürchtet – nicht, weil sie so bissig und meinungsfreudig waren, sondern weil in ihnen der Eiertanz zur Perfektion getrieben wurde.

Aber er war so verärgert, dass er vielleicht über sich selbst herauswachsen würde.

UND TSCHÜSS! RUSSISCHER EXMINISTER KEHRT NICHT NACH DEUTSCHLAND ZURÜCK

so der Titel meines Artikels.

Jewgeni Schmattkow hat die Nase voll von Deutschland und von Bierstadt. Er wird im Fürstentum Liechtenstein politisches Asyl beantragen, weil er sich vom russischen Staat verfolgt und in Deutschland nicht sicher fühlt. Mit seinem künftigen Mann, dem Bierstädter Tierpfleger Tobias Großebohm, will er sich in Liechtenstein oder der Schweiz niederlassen. Finanzielle Sorgen haben die beiden nicht. Auf dem Konto des Russen befinden sich noch ungefähr 150 Millionen Euro – eine Summe, mit der man bis zu seinem Lebensende ausgesorgt haben dürfte. An dieses Geld soll Schmattkow allerdings nicht durch ehrliche Arbeit, sondern durch Korruption und Diebstahl gekommen sein. Dies behauptete die russische Regierung und fordert seit Wochen eine Auslieferung des ehemaligen Agrarministers.

Ich rief die Pressestelle im Auswärtigen Amt an. Hier bestätigte man mir, dass die russische Regierung offiziell bestritt, mit der Entführung Schmattkows etwas zu tun zu haben. Der Pressesprecher gab mir zu verstehen, dass er die Stellungnahme für eine diplomatische Lüge hielt, bat aber darum, nicht zitiert zu werden. Das konnte ich ihm guten Gewissens versprechen – denn ich kannte ja die Wahrheit.

Ich schrieb weiter:

Die Entführung Schmattkows gibt weiterhin Rätsel auf. Warum wurde der Russe gezwungen, vom eigenen Konto mehr als 20 Millionen Euro in bar abzuheben? Wer ist jetzt im Besitz dieses Geldes? Und warum behauptet Schmattkow, dass alles nur ein lustiger Polterabend-Scherz gewesen sei? Sogar die Staatsanwaltschaft scheint inzwischen an die Scherzvariante zu glauben, denn die Behörde stellte die Ermittlungen wegen Entführung ein. Bleibt die Frage, ob die Gäste es auch lustig fanden, von bewaffneten Männern bedroht und eingeschlossen zu werden.

Daran konnte Schnack seinen Kommentar andocken:

> Nein, ich fand es gar nicht lustig, als mir ein maskierter Mann eine Maschinenpistole in den Rücken drückte und mich vor sich her trieb. Das liegt vermutlich an meinem fehlenden Humor. Nein, ich fand es auch nicht lustig, als Frauen zu weinen begannen. Und noch weniger lustig fand ich es, dass ein Mann brutal weggeschleppt und seine Gäste ihrer Freiheit beraubt wurden. Und jetzt soll alles nur ein Scherz gewesen sein, verehrte Staatsanwälte? Nein, das riecht nach Absprache, klingt nach Gehirnwäsche und schmeckt nach politischer Erpressung. Hat die Bundesregierung einen Deal gemacht mit Putin? Versuchen wir, diese Frage einmal näher zu betrachten.
>
> Wenn der russische Geheimdienst Schmattkow mit Billigung Deutschlands entführt und gezwungen hat, das eigene Konto um Millionen zu erleichtern, und ihm dafür das Leben schenkte, hat die Bundesrepublik kein Interesse daran, die Sache aufzuklären.
>
> Ich bezweifle, dass Schmattkow noch 150 Millionen auf dem Konto hat. Niemand weiß, was sich wirklich in der Bank abgespielt hat. Vielleicht hat der Flüchtling längst alles dem russischen Staat zurücküberwiesen im Tausch gegen seine körperliche Unversehrtheit?
>
> Das wäre nachzuvollziehen. Russland und Deutschland haben Jewgeni Schmattkow den gegenseitigen guten Beziehungen geopfert. Da spielt die Traumatisierung unschuldiger Menschen keine Rolle und wird als Kollateralschaden abgetan.

Gar nicht schlecht, Herr Schnack, dachte ich.

Ich musste mit Kleist die neuen Thesen besprechen, die ausgerechnet mein Chef so mir nichts, dir nichts entwickelt hatte und die nicht von der Hand zu weisen waren. Ich druckte Schnacks Kommentar aus und fuhr nach Hause.

Kleist las Schnacks Zeilen sichtlich amüsiert. »Ja, genauso war's.«

»Wie?«

»Florin Demut hatte den Auftrag, die Millionen zurückzuführen. Dafür verlangte er einen Anteil von 25 Millionen. Schmattkow hatte die Wahl: nach Russland gebracht und vor Gericht gestellt zu werden oder das Geld zu überweisen. Demut schickte ihn also verkabelt in die Bank und drohte, ihn in die Luft zu sprengen. Schmattkow ließ sich den Koffer voll machen, transferierte den Rest auf die russische Staatsbank – alles unter der Aufsicht von redlichen liechtensteinischen Bankbeamten. Ende der Story.«

»Ende? Nein, warum haben Schischi und Jonas Beck mitgemacht?«

»Eine kleine Sentimentalität. Demut kennt die beiden eben und ist mit ihnen befreundet. So ist die Geschichte doch viel schöner, oder?«

Hot Tobi will nicht mehr

Am nächsten Tag gab Tobias Großebohm bekannt, dass er die Verlobung mit Schmattkow gelöst hatte.

»Weil der Russe pleite ist«, frohlockte Berthold Schnack in der Konferenz.

»Muss ja eine tiefe Liebe zwischen den beiden gewesen sein«, machte Simon Harras mit.

»Schmattkow hat doch etwas von dem Geld auf *Hot Tobis* Konten geschaufelt«, erinnerte ich. »Sollte für schlechte Zeiten sein. Haben Sie es eigentlich geschafft, Kontakt zu Schmattkow zu bekommen?«

Schnack verneinte. »Der ist jetzt auch nicht mehr so interessant. Ein alter Russe ohne Geld und Freunde. Sympathisch war er mir ohnehin nie.«

Wayne und ich sahen uns an und dachten dasselbe: Schnack hatte Schmattkow ziemlich schnell fallen lassen. Aber das war nicht unser Problem.

»Es bleiben noch Fragen offen«, sagte ich. »Wer steckt denn nun hinter dem Anschlag auf das *Café Stoßseufzer*? War es wirklich Florin Demut, und wenn ja, wer hat ihn beauftragt? Oder die Leute von *Return to Paradise*? Oder hängen die zusammen? Und vor allem: Wer hat Felix Mohr umgebracht? Immerhin hat man bei ihm die ersten Hinweise auf einen geplanten Anschlag auf die Hochzeit gefunden.«

»Dieser Anschlag war vermutlich gar nicht geplant. Die Russen wollten falsche Spuren legen«, mutmaßte Schnack.

Florin Demut bleibt in jedem Fall eine schillernde Figur, dachte ich. Man konnte ihm alles zutrauen. Ein Teufel in dieser lieblichen Botticelli-Gestalt. Er lenkt die Aufmerksamkeit auf den Akt im Rathaus und greift sich sein Opfer während des Polterabends. Dass Demut Felix Mohr auf solch grausame Art getötet haben sollte, passte allerdings immer noch nicht in mein Bild von ihm. Aber ich konnte dem Botticelli-Heiligen ja nur vor den Kopf gucken.

Ich nahm mir den Rest des Tages frei und fuhr zu Frau Schmitz. Ich brauchte eine Dröhnung Mandelhörnchen.

»Die Frau Grappa!«, freute sie sich. »Wie isses?«

»Muss. Und selbst?«

»Ach, Frau Grappa. Du hast ja keine Ahnung.«

Ups. Das hörte sich nicht so gut an. »Schlimm?«

»Gar nicht. Eher gut. Aber ich weiß nicht, ob ich mir das antun soll in meinem Alter.«

»Nun erzähl schon.«

»Moment.«

Im Verkaufsraum bimmelte die Glocke.

»Geh schomma durch, ich komm gleich.«

Ich wartete. Der Duft von frischem Brot ließ meinen Magen knurren. Wenn das alles hier vorbei ist, mache ich eine Woche Gourmet-Urlaub in der Toskana, dachte ich, egal, ob er mitkommt oder nicht.

»So, da bin ich.« Sie stand strahlend vor mir – einen Teller mit Mandelhörnchen in der Hand. »Die sind frisch gebacken.«

Ich griff zu. Beide Enden waren in Schokolade getunkt worden. »Und nun raus damit.«

»Das ist so. Du hast ja in der Zeitung geschrieben, dass dieses Rehazentrum für die gequälten Schwulis aufgemacht werden soll. Da soll auch ein Bistro rein und die haben mich gefragt, ob ich das übernehmen will.«

»Und? Willst du?«

»Eigentlich wollte ich ja kürzer treten.«

»Das erzählst du mir schon seit zehn Jahren, Frau Schmitz. Und wie sieht das aus? Du machst ein Bistro auf und bietest jetzt auch Frühstücksbuffet am Sonntag an.«

Sie lachte. »Wenn die Donka mir hilft, krieg ich das hin, echt!«

»Na, also. Und wenn es zu viel wird, dann stellst du halt noch jemanden ein.«

»Ja, so könnte es gehen«, nickte sie. »Aber ich überleg's mir noch.«

»Deine Waren sind halt gut, Frau Schmitz. Du backst noch selbst und kaufst deine Sachen nicht als Rohlinge beim Industriebäcker. Das merken die Kunden.«

»Gestern war übrigens eine Kundin da, die den Jungen kannte.«

»Welchen Jungen?«

»Der sich vor den Zug geworfen hat. Weshalb die jetzt dieses Zentrum bauen. Hast du doch selbst geschrieben, Frau Grappa.«

»Ach, so. Ja, das ist eine tragische Geschichte.«

»Der Vater des Jungen war bei der Polizei, aber die haben gesagt, dass sie nichts machen können, weil der Junge selbst nicht aussagen wollte. Und eine Woche später war er tot. Und die Mutter hat sich dann auch noch umgebracht.« Die Bäckerin seufzte. »Dass die Menschen sich gegenseitig immer so wehtun müssen.«

»Ja, das ist ein Elend«, stimmte ich zu. »Ich muss jetzt los, Frau Schmitz. Packst du mir noch ein Vollkornbrot ein?«

Ich bezahlte und wollte eigentlich gehen. Doch irgendein Gefühl, dass ich etwas vergessen hatte, hielt mich zurück.

»Wie heißt denn die Kundin, die den Jungen kannte?«

»Weiß ich nicht. Wir kamen im Bistro nur kurz ins Sprechen, als sie deinen Artikel im *Tageblatt* las.«

Eine Auskunft bringt endlich Klarheit

Die Polizeipressestelle mauerte und weigerte sich, mir den Namen des jungen Selbstmörders zu nennen. Datenschutz. Ich hatte das nicht anders erwartet. Blieben nur noch Kleist und Baum als Informationsquelle. Mein Lebensabschnittskommissar war nicht erreichbar, Schischi Baum wollte nicht mit der Sprache heraus.

Ich machte Hausputz und wusch einen Kessel Buntes. Die ungewohnte Hausfrauentätigkeit versüßte ich mir mit Pink-Floyd-Santana-Sting-Dire-Straits-Mucke. Es tat gut, für ein paar Stunden nicht an den Redaktionsalltag und einen unaufgeklärten Mord denken zu müssen.

Am frühen Abend war ich erschöpft. Die Flasche *Grüner Veltliner* hatte die richtige Temperatur und das Wetter war schön. Besonders im Garten. Die Schwertlilien waren verblüht, dafür standen die Päonien in voller Pracht. Ein leichter Wind kam auf und ich setzte mich in eine geschützte Ecke.

Das Handy hatte ich im Haus gelassen. Es meldete sich prompt, noch bevor ich das erste Glas geleert hatte. Doch ich hatte keine Lust, aufzustehen und mir den lauen Sommerabend verderben zu lassen.

Die Sonne verabschiedete sich zwei Stunden später und ich ging ins Haus. Auf meinem Handy war eine SMS eingegangen. Schischi Baum teilte mir den Namen des jungen Mannes mit, der sich umgebracht hatte: *Louis Krumbiegel.*

Krumbiegel! Mir wurde heiß und kalt zugleich.

Louis

Kleist kam in der Nacht nach Hause, aber ich erzählte ihm erst beim Frühstück, dass der Tote von den Schienen Ottmar Santanas Sohn war.

»Merkwürdiges Zusammentreffen«, meinte er. »Und Mohr war Santanas Nachbar. Das kann doch alles kein Zufall sein.«

Ich berichtete von dem Film, der auf Baums Geburtstagsfeier eingeschmuggelt worden war, von Mohrs Ausraster und Demuts Attacke auf den Journalisten.

»Langsam kommt Licht ins Dunkel. Ich schau mir die Akte von damals an.«

Kleist griff seine Sachen und verließ das Haus.

Ich fuhr zur Arbeit, schwänzte die Konferenz und wartete auf seine Nachricht.

Am Mittag meldete er sich endlich. »Ich habe mir den Fall angesehen. Krumbiegel ist damals schwer verletzt in die Notaufnahme eingeliefert worden. Der behandelnde Arzt hat die Polizei informiert, doch der Junge wollte nicht sagen, was ihm passiert war, und schon gar nicht, durch wen. Sobald er wieder alleine stehen konnte, hat er die Klinik verlassen. Der Staatsanwalt ermittelte wegen gefährlicher Körperverletzung, stellte das Verfahren aber bald ein. Und dann warf sich Louis auf die Schienen.«

»Gibt es keinen Zweifel, dass es Suizid war?«

»Man fand einen Abschiedsbrief.«

»Wir müssen mit Ottmar Santana reden.«

»Maria, das Verfahren wegen Körperverletzung wurde eingestellt.«

»Ist Santana damals befragt worden?«

»Ja, natürlich. Doch sein Sohn lebte bei der Mutter, Santana konnte keine Angaben machen. Und die Mutter ist inzwischen auch verstorben, wir können sie nicht mehr fragen.«

»Okay. Dann nehme ich mir Santana noch mal vor. Wenn Mohr der Vergewaltiger von Louis ist, haben wir seinen Mörder.«

Musiker schlafen normalerweise lange

Ich wartete bis gegen drei Uhr nachmittags, informierte Pöppelbaum über die aktuelle Faktenlage und meinen Plan.

»Du willst bluffen?«, fragte er. »Na ja, warum nicht. Hat ja schon oft geklappt. Wann empfängt er uns denn?«

»Wir fahren einfach hin und hoffen, dass er da ist.«

»Du hast Nerven!«

»Lass mich nur machen.«
»Sicher, Grappa-Baby.«

Mohrs Klingelschild war erneuert worden – jetzt stand dort Gundi statt Felix Mohr. Sie hatte die Wohnung also behalten und war damit die direkte Nachbarin von Ottmar Santana. Die beiden verstanden sich ja ohnehin gut.

Ich drückte auf den Knopf neben *Santana.*

Nach einer Weile erschallte seine Stimme durch den Lautsprecher an der Tür. »Ja, bitte?«

»Hier Grappa und Pöppelbaum vom *Tageblatt.* Wir sind grad in der Gegend. Lässt du uns rein?«

Der Türsummer ertönte.

Ottmar Santana war überraschenderweise hellwach. Er wirkte gesünder, als ich es in Erinnerung hatte, trug seine Rastas ziemlich gebändigt.

»Herein in die gute Stube«, trompetete er. »Wollt ihr ein Teechen?«

»Gerne.«

In dem Zimmer herrschte pedantische Ordnung. Die Kissen auf dem breiten Bett waren gerichtet, die Luft frisch und es standen keine leeren Flaschen herum. Dafür hat eine Frau gesorgt, dachte ich und tippte auf Gundi Mohr.

Ich trat zur Fotowand. Ja, da war das Bild, das ich schon einmal gesehen hatte: Ottmar Santana in jungen Jahren mit einem Kind. Der Junge sah ihm ähnlich.

Geschirr klirrte. Der Musiker kam mit einem Tablett aus der Küche zurück und stellte alles auf dem Tisch ab.

»Ein schönes Foto«, lächelte ich. »Wer ist der Junge auf dem Foto?«

»Mein Sohn.« Seine Hand zitterte beim Einschenken.

»Ja«, sagte ich. »Louis.«

Stille.

Wayne hatte sich hüstelnd abgewendet, Ottmar Santana stieß die Teeschale um. Mir ging es auch nicht gut. In meinem Magen baute sich ein Druck auf, der bis in meine Luftröhre stieg. Aber ich musste weitermachen.

»Ich möchte dir eine Geschichte erzählen, Ottmar.«

»Was für eine Geschichte?«

»Die Geschichte einer Rache. Möchtest du sie hören?«

Ich setzte mich. Der Tee duftete nach Zimt – ein Duft, den ich nicht nur gern rieche, sondern auch schmecke.

»Louis, dein Sohn. Du siehst ihn nicht oft, denn er lebt bei seiner Mutter. Aber ab und zu kommt er dich besuchen. Auch an diesem Tag.«

Santana murmelte. »Ich hatte das völlig vergessen. Dass er kommen wollte. Ich war nicht da und hatte noch kein Handy damals. Weil ich diesen Elektroscheiß nicht mochte. Wegen der Strahlungen.«

Ich nahm einen Schluck Tee. Wayne hatte sich im Hintergrund niedergelassen und zeichnete das Gespräch mit dem Smartphone auf. Er sah mich aufmunternd an und ich wusste, dass ich mich auf ihn verlassen konnte, falls es brenzlig werden würde.

»Louis steht also vor verschlossener Tür. Aber nicht lange. Denn du hast ja diesen freundlichen Nachbarn Felix Mohr. Der entdeckt Louis und schlägt ihm vor, bei ihm in der Wohnung zu warten, bis du nach Hause kommst. Mohr ist ganz nett zu dem Jungen, bietet ihm etwas zu trinken und zu essen an. Die beiden kommen ins Gespräch. Mohr ist ja Journalist. Sein Job ist es, Leute zu befragen und etwas über sie zu erfahren. Das kann er.«

Santana nickte. »Ja. So hat er es gemacht. Ihn ausgehorcht. Louis war sehr vertrauensselig und naiv.«

»Soll ich weitermachen?«, fragte ich.

Santana hatte Tränen in den Augen und atmete schwer. Aber er nickte.

»Louis vertraut ihm an, dass er sich zerrissen fühlt, weil er glaubt, schwul zu sein. Mohr ermuntert ihn, mehr zu erzählen. Fragt, ob er schon sexuelle Erfahrungen mit einem Mann gemacht hat. Und so weiter. Louis bleibt bei der Wahrheit. Er ist noch so jung und unschuldig, ahnt nicht, worauf das Ganze zusteuert.«

Santana sprang auf. »Und dann hat diese Drecksau ihn vergewaltigt«, schrie er. »Mehrere Stunden lang. Gefesselt, geschlagen, mit Gegenständen gefickt und bepisst. Und ihn mir anschließend vor die Tür gelegt. Ich fand ihn blutend und halb ohnmächtig.«

»Warum hast du Mohr nicht sofort umgebracht?«, fragte ich.

»Weil ich nicht wusste, dass es Mohr gewesen war. Louis hat ja nichts erzählt!«, wütete er. »Er hat mir den Namen erst in seinem letzten Brief verraten. Auch von dem Film, den der Drecksack ins Internet stellen wollte, hat er geschrieben – ein paar Stunden vor seinem Tod.«

»Hast du Mohr danach zur Rede gestellt?«, wollte ich wissen.

»Ja. Er hat mich ausgelacht und alles abgestritten. Ich drohte ihm mit einer Anzeige, aber er meinte, dass er für die Zeit ein felsenfestes Alibi und ich keine Chance hätte.«

»Und dann hast du ihn getötet oder töten lassen?«

Santana sah mir direkt in die Augen. »Nein. Aber ich habe mich sehr gefreut, als er ermordet wurde. Er hat die Strafe bekommen, die er verdient hat. Und auch die Todesart finde ich völlig in Ordnung. Mohr war der Teufel in Menschengestalt.«

»Hast du deiner Frau erzählt, dass dein Sohn Mohr als Täter benannt hat?«

Santana antwortete nicht mehr. Er nahm das Foto, das ihn und Louis zeigte, schaute es an und küsste es. »Wenn ich ein besserer Vater gewesen wäre, würde Louis noch leben. Es ist alles meine Schuld.«

»Wer wusste noch, dass Mohr der Täter war?«, hakte ich nach.

»Auf Louis' Beerdigung traf ich Freunde von ihm. Aus dieser Selbsthilfegruppe. Ich habe ihnen von dem Brief erzählt. Sie schienen über den Namen nicht überrascht zu sein.«

»Hieß einer von den Freunden Schischi Baum?«

»Das weiß ich nicht. Ich war damals nicht in der Lage, klar zu denken, geschweige denn, mir Namen zu merken.«

Die Realität von Gerichtsverfahren

Schischi Baum ein Mörder? Dieser sanfte, liebenswürdige Mann? Aber es konnte Sinn machen. Santana nennt Mohrs Namen, Schischi kennt Mohr und sein Profil bei der *Prinzenbörse,* weiß von seiner perversen Lust auf Pissorgien mit Männern, die er in Chats oder auf dem Homo-Strich aufgabelt. Schischi als Rächer? Warum nicht?

Louis Krumbiegel war Klient der *Klemmschwestern* gewesen, aber eine nähere Verbindung zu Baum war mir bisher nicht bekannt. Andererseits: Immerhin hatte Schischi als Erster von Louis erzählt. Aber auch Florin Demut hatte noch Karten im Spiel. Seine Hemmschwelle bei der Ausübung von Gewalttaten war sicherlich niedriger als die von Baum oder Santana.

Hatte Mohr vielleicht noch mehr auf dem Gewissen als die Vergewaltigung des jungen Louis?

Ich berichtete Kleist von unserem Besuch bei Santana und meinen Gedanken zu Schischi Baum.

»Wie könnte Baum an den Urin aus dem Zoo gekommen sein?«

»Das wäre nicht schwierig«, erklärte Kleist. »Du weißt doch, an den Mist dort kommt jeder ran. Du musst nur ein paar Kanister unter die Abflussrinne stellen, das Zeug später durchsieben und schon hast du einen schönen Schwedentrunk.«

Ich rümpfte die Nase. »Es gibt Jobs, die stinken buchstäblich zum Himmel.«

»Die Todesart, der Mohr zum Opfer gefallen ist, erzählt von einer Lust an der perfekten Qual. Jeder bekommt das, was er sich erträumt – nur mehr, als für ihn gut ist. So viel, dass es ihn tötet.«

»Huch«, meinte ich. »Du hast ja psychologische Begabung.«

»Natürlich, sonst könnte ich es mit dir ja nicht aushalten«, grinste er.

»Das hab ich jetzt auch verstanden.«

»Ich mag es, wenn du so streng guckst«, lachte er. »Aber Spaß beiseite: Ich habe unsere Polizeipsychologin zurate gezogen. Sie spricht von einer Inszenierung, einem Kunstwerk. Fällt dir dazu jemand ein?«

»Allerdings. Florin Demut.«

»Richtig. Aber Demut mordet nur, wenn er einen Auftrag bekommt.«

»Du glaubst, Santana hat ihn beauftragt?«, fragte ich.

»Es würde mich nicht wundern. Morgen beantrage ich die Anordnung einer Durchsuchung bei Santana.«

»Ich wünsche mir nicht, dass ihr etwas findet.«

»Maria! Es gibt Gesetze. Eins davon verbietet Mord. Hast du das noch auf dem Schirm?«

»Natürlich. Aber falls Santana den Mordbefehl gegeben hat … Ich könnte es verstehen. Mohr wäre nie verurteilt worden. Ich kenne solche Prozesse. Körperverletzung, sexuelle Nötigung, Vergewaltigung – mit einem scharfen Strafverteidiger wäre der Typ ungeschoren davongekommen. Und Louis wäre in der Luft zerrissen worden. Er wäre in diesem Prozess ein zweites Mal vergewaltigt worden! Seelisch.«

Das tägliche Geschäft will gemacht sein

Kleist hatte das Haus bereits verlassen, als ich aufwachte. Sofort waren die Gedanken wieder bei dem toten Felix Mohr. Würde die Polizei bei Ottmar Santana Beweise für seine Schuld finden? Ich hoffte nicht.

Ich duschte, las Online-Zeitungen und goss mehrere Liter Kaffee in mich hinein. Mohr war ein Schwein und hatte das Schlimmste verdient. Aber Recht hatte mit Gerechtigkeit nicht viel zu tun. Mohr hatte es hinter sich und Santana litt noch immer. Ich konnte mir nicht vorstellen, dass Mohrs Tod in ihm die Art Ruhe hergestellt hatte, die nötig war, um das Leben gelassen fortsetzen zu können. Auch dann nicht, wenn er den Mord begangen oder den Mordauftrag erteilt hatte. Louis blieb geschändet und tot. Nichts brachte den Jungen wieder zurück. Auch keine Rache.

Die Redaktionskonferenz lenkte mich ab. Praktikant Kevin hatte das Thema »Knochenbruch durch Geldautomaten« zu

Ende recherchiert. Das Ergebnis war zu sehen – seine rechte Hand ruhte in einem stabilen Verband.

Simon Harras trug seine Erkenntnisse im Fall des sexuellen Missbrauchs im Tanzsportverein *Langsamer Walzer* vor. Der beschuldigte Eintänzer hatte sich mit einer sechzehnjährigen Elevin ins Ausland abgesetzt und zuvor die Vereinskasse geplündert. Der Mann wurde nun mit internationalem Haftbefehl gesucht.

Mäggi Wurbel-Simonis jammerte über Jonas Beck, der ein Interview zur Absetzung seines Musicals *Zungenspiele* abgelehnt hatte. »Er soll große Teile der Musik geklaut haben. Diesen Vorwurf wollte er nicht auf sich sitzen lassen und hat die Arbeit an dem Werk eingestellt.«

Auch Schnack fand sich ganz toll: Er sollte für sein Lebenswerk mit dem Karnevals-Orden *Pannekopp* ausgezeichnet werden. Leider wusste der Chef nicht, dass dieser Orden von fast allen Nominierten abgelehnt wurde. Er verwechselte den Jux-Orden wohl mit dem *Pulitzer-Preis*.

Fängt beides mit P an, dachte ich. Den letzten *Pannekopp* hatte Mobby Madig, der schmerzfreie SPD-Unterbezirksvorsitzende, heldenhaft um den Hals getragen, weil er aus Menschenfreundlichkeit eine junge Frau zur Bahn gebracht hatte. Diese Tat hatte ihm den Orden beschert, ihn aber den OB-Posten gekostet.

Alles rauschte an mir vorbei. Was geschah gerade in Santanas Wohnung? Hatten die Ermittler etwas gefunden? Hatte Santana den Mord an Mohr bereits gestanden?

»Frau Grappa?« Das war Schnacks Stimme.

»Ja?«, schreckte ich auf.

»Haben Sie etwas zur morgigen Ausgabe beizutragen?«

»Vielleicht. Ich könnte unseren Lesern den Mörder von Felix Mohr präsentieren. Wäre das ein guter Beitrag?«

»Was war das denn?«, fragte Wayne nach der Konferenz.

Ich informierte ihn.

»Aber Santana hat uns doch gesagt, dass er es nicht war«, erinnerte der Bluthund.

»Es gibt auch Menschen, die lügen«, entgegnete ich.

»Das ist mir ja ganz neu, Grappa.« Er war genervt.

»Wir fahren jetzt zu Santanas Wohnung und machen unsere Arbeit«, sagte ich. »In jedem Fall brauchen wir Fotos von der Aktion. Kommst du?«

Die Polizeiaktion hatte für einen Menschenauflauf gesorgt. Drei Streifenwagen standen vor dem Gebäude, zwei Polizeihunde zogen aufgeregt an ihren Leinen. Wir kämpften uns durch die Reihen der Gaffer.

Die Haustür war geöffnet, ein Polizist in Uniform ließ niemanden herein und kontrollierte die, die hinauswollten. Eine davon war Gundi Mohr. Sie verlangte lautstark, den Einsatzleiter zu sprechen, und wurde an einen Beamten in Zivil verwiesen.

Pöppelbaum fotografierte, ich hielt nach Kleist Ausschau – vergebens.

»Frau Grappa«, sprach mich der Presse-Bulle von der Seite an. »Sie sind ja schneller, als die Polizei erlaubt.«

»Hinweis aus der Bevölkerung«, behauptete ich. »Bei dem Auftritt, den Sie hier mal wieder hinlegen, greifen die Leute sofort zum Telefon und rufen bei ihrer Familienzeitung an. Was ist denn Sache?«

»Hausdurchsuchung bei einem Verdächtigen.«

»Und um welchen Ihrer zahlreichen unaufgeklärten Fälle geht es?«

Er lächelte maliziös. »Das wissen Sie doch genau.«

»Stimmt. Aber was sollen die Hunde dabei?«

»Das werden Sie gleich sehen.«

Ein Beamter trat aus dem Haus, ging zu einem Fahrzeug und schloss es auf. Ottmar Santanas Auto – wie ich aus dem Aufkleber *All inclusive* auf der Heckklappe schloss.

Die Schäferhunde bekamen von dem Hundeführer einen Lappen vor die Nase gehalten, sie schnüffelten und fingen an zu jaulen. Dann begannen sie mit ihrer Arbeit, erst im Innenraum des Wagens, anschließend auf der Transportfläche. Stolzes Kläffen. Die Schnüffler waren fündig geworden.

Aber wonach hatten sie gesucht?

Die Antwort auf diese Frage erhielt ich am Nachmittag per Pressemitteilung. Die Polizeihunde hatten Spuren von Tierurin in Santanas Wagen gefunden. Sie waren identisch mit der Flüssigkeit, an der Mohr elendiglich krepiert war.

Im Polizeipressetext klang das Ganze viel romantischer:

Wir gehen davon aus, dass der Beschuldigte die Flüssigkeit mit dem in seinem Besitz befindlichen Pkw zum Tatort transportiert hat. Ottmar K. wurde festgenommen, die Staatsanwaltschaft ermittelt wegen Mordes. Der Verdächtige wird noch heute dem Haftrichter vorgeführt.

Ich schrieb meinen Artikel und garnierte ihn mit einem Foto der Polizeihunde in Santanas Wagen. Mir war nicht wohl bei der Sache. Auch wenn ich mir zuredete, dass Kleist nicht zulassen würde, dass ein Unschuldiger für den Mord an Felix Mohr ins Gefängnis ging.

Gundi Mohr. Ich hatte nicht mehr mit ihr gesprochen. Ich suchte ihre Handynummer heraus und rief sie an. Wir verabredeten uns im *Café Stoßseufzer.*

Dichten und jammern

Im Café hatte sich erneut einiges verändert. Die Möbel standen anders, die Tischdecken waren erneuert und die Bilder an der Wand ausgetauscht worden.

Ich setzte mich. Auf den Tisch lag ein laminiertes Blatt mit einem Gedicht.

Gedichte berühmter Schwuler – jede Woche erfreuen wir unsere Gäste mit einem anderen Gedicht der Weltliteratur, in dem die gleichgeschlechtliche Liebe beschrieben wird.

Das ist eine schöne Idee, dachte ich.

Heute gab es als Beigabe zu Kaffee und Kuchen ein Sonett von Michelangelo:

Hätt ich geahnt, als ich zuerst Dich schaute
dass mich die warme Sonne Deiner Blicke
Verjüngen würde und mit dem Geschicke
Feuriger Glut im Alter noch betraute.

Ich wäre, wie der Hirsch, der Luchs, der Panther
Entflohen jeder schnöden Schicksalstücke
und wäre hingeeilt zu meinem Glücke,
Längst wären wir begegnet dann einander!

Doch warum gräm ich mich, wo ich nun finde
In Deinen Engelsaugen meinen Frieden,
All meine Ruhe und mein ganzes Heil?

Vielleicht wär damals mir dies Angebinde
noch nicht geworden, das mir nun beschieden,
Seit Deiner Tugend Fittich ward mein Teil.

Michelangelo hatte dieses Sonett im Jahre 1532 an seinen jugendlichen Geliebten und Schüler Tommaso Cavalieri geschrieben. Ich musste unwillkürlich lächeln. Die Suche nach der einen, wahren Liebe begleitet die Menschheit bis zum Tod. Aber auch die Hinwendung zu Jugend und Schönheit. Wie hübsch wäre es, wenn die Profiltexte der *Prinzenbörse* auch in Sonettform geschrieben würden.

Gundi Mohr überquerte die Straße und betrat das Café. Sie hatte verweinte Augen und sah im Ganzen fertig aus.

Sie bestellte einen Bananen-Milch-Shake und ich den Kakao mit Sahne.

»Wie geht es dem Kind?«, fragte ich.

»Ich hätte es abtreiben lassen sollen«, sagte sie leise. »Aber Ottmar hat mich davon abgehalten und mir versprochen, sich um uns zu kümmern. Jetzt ist er wegen Mordverdachts verhaftet worden. Und ich steh allein da.«

Ihr Jammern ging mir auf die Nerven. »Seien Sie still! Ihr Exmann hat Santanas Sohn vergewaltigt, dieses widerliche Verbrechen auch noch gefilmt und ihn in den Tod getrieben! Und Sie denken nur an Ihr eigenes mieses Leben.«

Gundi Mohr starrte mich an und brach in Tränen aus.

Neugierige Blicke der anderen Gäste trafen uns.

Mir egal.

Nach drei Minuten hatte sie ausgeheult. Ich reichte ihr ein Papiertaschentuch.

»Tausende von Frauen bekommen Kinder ohne Väter. Das ist heutzutage kein Problem mehr«, sagte ich nun etwa sanfter. »Es gibt genug Hilfsangebote für alleinerziehende Mütter. Und wenn Sie es wirklich nicht meistern können, geben Sie das Baby zur Adoption frei.«

»Ja, es tut mir leid, dass ich mich so hab gehen lassen. Kann ich Ottmar irgendwie helfen?«

»Wussten Sie, dass Ihr Mann seinen Jungen missbraucht hat?«

»Nein. Ottmar hat es mir erst vor ein paar Tagen erzählt.«

»Hat er Ihnen den Mord gestanden?«

»Nein.«

»Trauen Sie ihm zu, dass er jemanden beauftragt hat, Louis zu rächen?«

»Auf keinen Fall!«, empörte sie sich.

Ich seufzte. Nach diesem Auftritt traute ich auch Gundi nicht mehr zu, den Auftrag zu einem Mord gegeben zu haben. Sie war nah am Wasser gebaut. Tränen leiten Wut ab und lassen sie nicht in Aggression münden. Ging der Mord also doch auf Santana zurück?

Am Abend berichtete Kleist von der Durchsuchung und den Folgen. Santana war vernommen und dem Haftrichter vorgeführt worden. Er hatte erzählt, dass er den *Klemmschwestern* Mohrs Namen genannt und sie auf das Profil von *Badgay* in der *Prinzenbörse* hingewiesen hatte. Mehr war aus ihm nicht herauszukriegen.

»Und wie der Tierurin in sein Wagen gekommen ist, weiß er nicht. Er hat das Auto mehrfach an Louis verliehen und an andere. Es wird schwer werden zu beweisen, dass der Schwedentrunk ausgerechnet in diesem Fahrzeug transportiert wurde und von wem.«

»Ist Santana noch in U-Haft?«

»Nein. Das alles hat dem Richter nicht für einen Haftbefehl gereicht. Er hat Santana nach Hause geschickt.«

Die Masse Mensch

Endlich war Wochenende. Wir schliefen lange und verbrachten den halben Tag im Garten. Ich döste im Strandkorb vor mich hin, Kleist saß unter einem Sonnenschirm im Schatten und las einen schwedischen Thriller. Ich hatte das Buch nach dreißig Seiten beiseitegelegt, weil in mir eine Depression hochgekrochen war. Düstere Landschaften, eiskaltes Wasser, sexuell gestörte Serienmörder, alkoholkranke Polizisten kurz vor dem Nervenzusammenbruch und korrupte Staatsanwälte waren zu viel für mich. Dagegen waren die Bierstädter Mörder echte Humoristen und die Ermittler Pausenclowns.

Leider dauerte unsere Idylle nur bis zum späten Nachmittag. Kleist wurde ins Polizeipräsidium gerufen. Florin Demut hatte an der Pforte geklingelt, Einlass begehrt und verlangt, den Chefermittler zu sprechen.

Demut legte ein Geständnis ab. Er gab den Mord an Felix Mohr zu. Über seine Motive schwieg er sich aus, darüber konnte ich nur spekulieren. Mohr hatte diesen widerlichen Film gedreht und es witzig gefunden, ihn auf Baums Geburtstagsfete vorzuführen. Der Botticelli-Engel als Rächer. Florin überreichte Kleist einen USB-Stick mit Fotos. Sie zeigten Mohr mit einem Trichter im Mund. Mohr halb wahnsinnig vor Schmerzen. Mohr mit dem Gesicht im Tierurin liegend. Und schließlich Mohr tot auf dem nassen Bett.

Ich verabschiedete mich endgültig von dem Bild des sanften Jünglings, der zu keiner Gewalttat fähig war.

»Warum hat er sich gestellt?«, fragte ich Kleist verwundert. »Er hätte doch einfach verschwunden bleiben können.«

Kleist antwortete nicht, sondern sagte: »Ich habe noch nie einen so ...«, er suchte nach Worten, »... entspannten Menschen getroffen. Du hast ihn immer Botticelli-Engel genannt – und etwas Engelhaftes hat er auch. Er ist überirdisch schön, spricht wie in Trance und hat doch diese schrecklichen Dinge getan. Und sie fotografiert. Aber er hat keinerlei Schuldbewusstsein. Nein, das ist falsch ausgedrückt. Er weiß nicht, was Schuld bedeutet.«

»Mohrs Schuld muss er aber doch erkannt haben«, wandte ich ein. »Sonst hätte er ihn nicht umgebracht. Also muss er wissen, was dieses Wort bedeutet.«

»Nein. Das war wohl eher Rache. Er meint, die Welt ins Gleichgewicht bringen zu müssen. Natürlich hat er realisiert, dass es gute und böse Menschen gibt. Und er will die Diskrepanz zwischen Gut und Böse ausgleichen.«

»Romantisierst jetzt nicht du ihn?«, fragte ich. »Er gilt als Terrorist, der für Geld mordet, stiehlt, entführt und erpresst.«

»Es ist schwer, jemanden zu bestrafen, der in einer völlig anderen Welt lebt«, sinnierte Kleist. »Ich habe ihn in eine geschlossene psychiatrische Klinik einweisen lassen.«

»Okay, dann macht er auf bekloppt, oder was?«, fragte ich.

»Nein. Er ist authentisch. Er ruht in sich. Aber unsere Gesellschaft verträgt solche Menschen nicht. Sie integrieren sich nicht in die dumpfe Masse. Und das nimmt die Masse ihnen übel.«

»Schade jedenfalls«, sinnierte ich. »Meinetwegen hätte er noch ein paar Nummern abziehen können.«

»Er hat es ein bisschen übertrieben mit seinen Aktionen«, gab Kleist zu bedenken. »Mohr war ein widerlicher Verbrecher, der Spaß daran hatte, andere bis aufs Blut zu quälen, aber Demut ist immerhin auch ein Mörder. Oder siehst du das anders, Maria?«

Am Sonntag fuhr ich in die Redaktion und schrieb meinen Artikel. Die Staatsanwaltschaft hatte die Fakten in einer Mitteilung zusammengefasst. Der Mord an dem Journalisten Felix Mohr war durch das unerwartete Geständnis des russischen Staatsbürgers Florin D. aufgeklärt. Gegen ihn sei Haftbefehl wegen Mordes erlassen worden. Zurzeit sei der Täter in einer geschlossenen psychiatrischen Klinik untergebracht. Die Fotos wurden nicht erwähnt, aber immerhin gab die Behörde ein Bild von Demut frei. Es musste von einem unbegabten Polizeifotografen geschossen worden sein, denn von Demuts Schönheit war nicht mehr viel übrig. Wirres Haar, irrer Blick und ein Dreitagebart, der zu seiner Pfirsichhaut nicht passte. Na ja, man konnte nicht erwarten, dass die Bullen Karl Lagerfeld oder David Hamilton engagierten, um geständige Mörder abzulichten.

Am Sonntagabend berichteten die nationalen und internationalen Medien über den Schwedentrunk-Mord. Die wildesten Theorien zum Tatmotiv kursierten: Die einen glaubten an ein Verbrechen aus Leidenschaft, die anderen an einen verrückten Rächer, wieder andere an eine Bestrafungsaktion, die politische Hintergründe hatte.

Abgesang

Florin Demut machte keine weiteren Aussagen, sodass die Details des Mordes an Mohr nicht ganz geklärt werden konnten. Auch nicht, ob Baum oder Großebohm eine Rolle bei der Tat gespielt hatten. Der Botticelli-Engel nahm alle

Schuld auf sich. Aber er blieb nicht lange in der geschlossenen Klinik. Eines Nachts tötete er sich mit einer Giftampulle, die er offensichtlich mit in die Anstalt hineingeschmuggelt hatte.

Bei der Obduktion wurde festgestellt, dass er unheilbar an Blutkrebs erkrankt war und nur noch wenige Wochen zu leben gehabt hätte. Jetzt machte sein Geständnis einen Sinn.

Langsam kehrte wieder Ruhe in Bierstadt ein – die Unebenheiten im Leben der Menschen, die in den Fall verwickelt waren, glätteten sich.

Gundi Mohr und Ottmar Santana blieben zusammen und zogen das Kind von Felix Mohr groß.

Der so jäh verarmte Jewgeni Schmattkow ward nicht mehr gesehen. Böse Zungen behaupteten, er habe die Leitung eines drittklassigen Donkosaken-Chors übernommen, mit dem er durch Europa tingelte.

Die *Gesellschaft für Lebensfragen* verließ Bierstadt, nachdem ihr hatte nachgewiesen werden können, dass sie die Attentäter engagiert und bezahlt hatte, die den Anschlag auf das *Café Stoßseufzer* ausgeführt hatten, um sich in Bierstadt einen guten Start zu verschaffen.

Schischi Baum, Jonas Beck und Tobias Großebohm gründeten eine Firma und eröffneten ein paar Monate später die Reha-Einrichtung für die Opfer homophober Gewalt. Sie wurden vom *Bierstädter Tageblatt* publizistisch unterstützt.

Direkt am Eingang zum Reha-Zentrum war eine Kopie von Botticellis pfeildurchbohrtem *Heiligen Sebastian* aufgehängt worden. Kaum ein Besucher ahnte, warum, aber allen gefiel das große Gemälde. Die meisten sahen in ihm eine Metapher dafür, dass der Weg zum persönlichen Glück nicht immer ungefährlich und schmerzfrei war.

Friedemann Kleist nahm seine Arbeit in Düsseldorf wieder auf. Doch wir sahen uns oft. Im Herbst nahm er ein paar Tage Urlaub.

»Ist jetzt eigentlich klar, dass du dauerhaft in Düsseldorf bleibst?«, fragte ich eines Abends.

»Nein. Der weitere Aufbau des Abwehrzentrums ist ins Stocken geraten.«

»Warum? Erst konnte es doch gar nicht schnell genug gehen.«

»Das Geld fehlt und das Interesse wohl auch. Und die NSU-Morde sind bald vergessen – spätestens, wenn die Gerichtsverfahren abgeschlossen sind. Diese ewigen Kompetenzstreitigkeiten reiben mich auf. Und irgendwie …«

»Irgendwie?«

»… ist es hier aufregender als in dieser langweiligen Landeshauptstadt.«

»Ist das ein Kompliment?«, freute ich mich.

»Klar«, grinste er. »Die Fälle sind spannender, das Essen ist besser, Schmitzens Brötchen sind immer knackfrisch und dein täglicher Sarkasmus macht das Leben bunt.«

»Das hört sich wirklich wie ein Kompliment an«, lächelte ich.